魔王のあとつぎ
3
吉岡 剛
イラスト◆菊池政治
JN068619

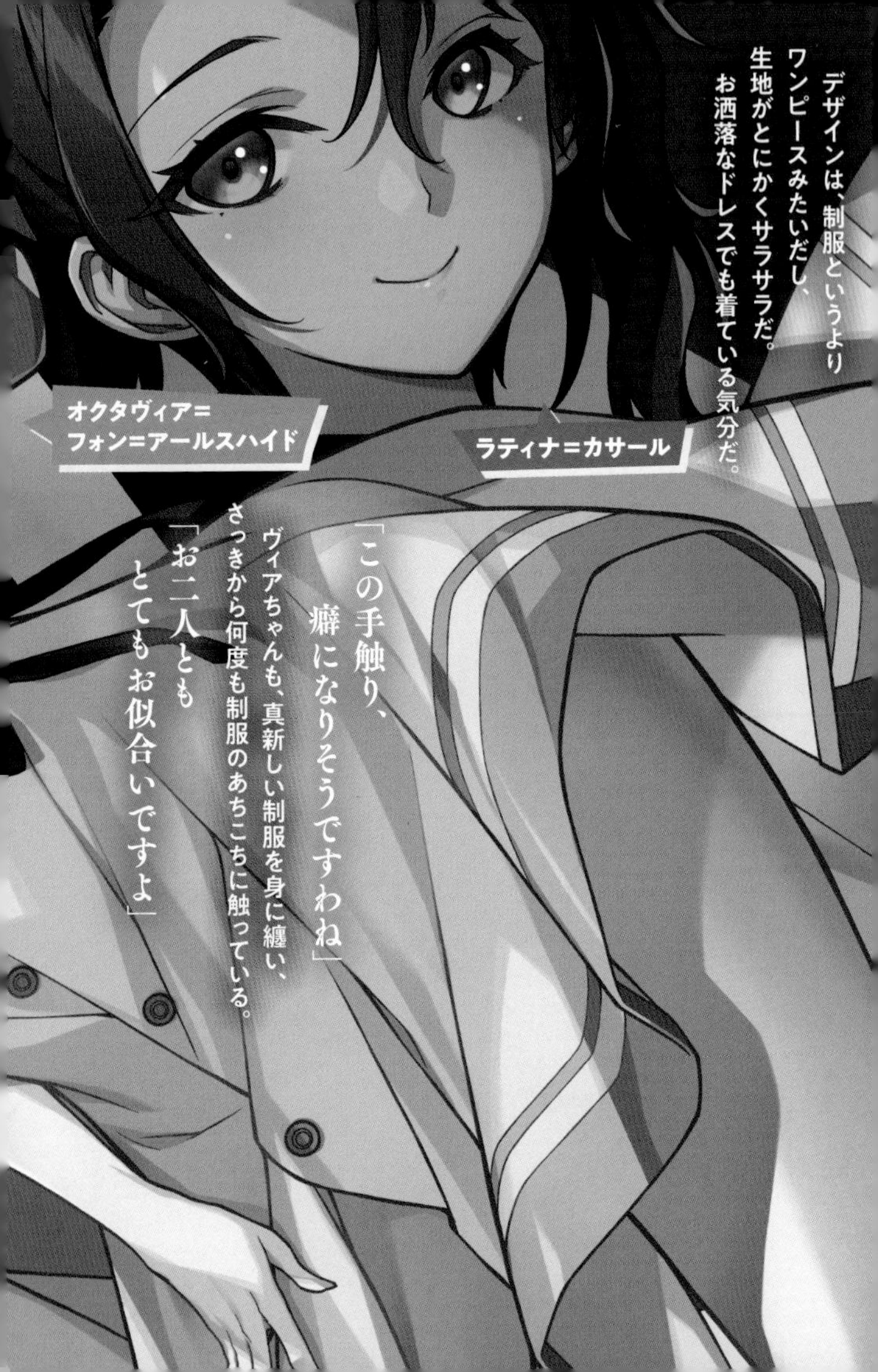
デザインは、制服というより
ワンピースみたいだし、
生地がとにかくサラサラだ。
お洒落なドレスでも着ている気分だ。
ラティナ=カサール
オクタヴィア=
フォン=アールスハイド
「この手触り、
癖になりそうですわね」
ヴィアちゃんも、真新しい制服を身に纏い、
さっきから何度も制服のあちこちに触っている。
「お二人とも
とてもお似合いですよ」

シャルロット＝
ウォルフォード

「シャルたちは、竜討伐に、参加、な」
シシリー＝ウォルフォード
シン＝ウォルフォード
……ん？
「パパ、今なんて？」

魔王のあとつぎ3

吉岡 剛

FB
ファミ通文庫

イラスト／菊池政治

CONTENTS

◆プロローグ◆

アールスハイド王国第一王女、オクタヴィアに恋人ができた。

それも、父である国王アウグストの親友、シン＝ウォルフォードの息子であるシルベスタ＝ウォルフォードがその相手である。

幼少のころより長年想いを募らせていたオクタヴィアの恋がようやく実ったことは、それを見守っていた周囲の人間にとって、とても喜ばしいことである。

そして、ウォルフォード家という、アールスハイドにおいて爵位は持っていないものの、途轍もない影響力を持っている家との縁組みである。

本来なら、すぐにでも祝宴をあげたいところだったのだが、それに水を差す事件が起こった。

シルベスタとオクタヴィアが襲撃されたのである。

それも、最近になって存在が発覚し、ようやく交易の話し合いが持たれるようになった南国ヨーデンの人間が犯人であった。

今はまだ交渉中で、正式な国交のない国が起こした前代未聞の不祥事は、ヨーデンだけでなくアールスハイド上層部の頭も悩ませた。

まだ国交が結ばれておらず、事件を起こした犯人に対する取り決めができていなかったからである。

だからといって、襲撃されたのは王女オクタヴィア。

取り決めがないので犯人は引き渡してもらいます……などという要求をされても応じる訳にはいかない。

どうしたものかと悩んだ末、事件現場に居合わせた国王アウグストは、ヨーデン使節団の中からラティナの兄を自身が滞在するリッテンハイムリゾートに呼び出した。

◇第一章◇　カサール兄妹の災難

お兄ちゃんとヴィアちゃんが恋人同士になった翌日、私たちウォルフォード家と王家の人間は揃ってリッテンハイムリゾートを所有するリッテンハイム侯爵の屋敷に来ていた。

なんでウチと王家が集まっているのかというと、どうしても処理しておかなければいけない事態があったから。

それは、お兄ちゃんとヴィアちゃんが何者かに襲撃されたこと。

襲撃自体は、お兄ちゃんたちの告白場面を覗いていたパパたちがすぐ鎮圧し、襲撃犯を取り押さえることもできた。

問題は、その襲撃犯がヨーデンの人間らしいということ。

なんでそれが分かったかというと、襲撃犯が使った魔法が変成魔法だったから。

現在アールスハイドにおいて変成魔法を実戦で使えるのはパパのみ。

そのパパは皆と覗きをしていたのだから、犯人はヨーデンの人間に限られる。

という経緯があったんだけど、他国の人間が王族を襲うなんて前代未聞の国際問題だ。

なので、ヨーデンの使者をここに招き、その事情を聞くために私たちも集められた。

リッテンハイム侯爵邸に用意された部屋には、オーグおじさんとエリーおばさん、パパとママ、お兄ちゃんとヴィアちゃんがそれぞれ並んでソファーに座り、私とショーンとノヴァ君はそれぞれの両親の後ろに立ち、訪れたヨーデンの使者を見下ろしている。

そう、『見下ろしている』。

今、私の目の前ではヨーデンからの使者さんが両膝と両手を床につき、頭を床に擦り付けるように下げている。

そんな格好でいるので、どうしても私たちの視線は下に向いて『見下ろして』しまうのだ。

正直、なんとも言えない気分になるので止めて欲しいのだけど、オーグおじさんもパパも何も言わないので、私が口を挟むことはできない。

本当は口を挟みたい。

だって、使者さんの隣ではラティナさんも同じ格好で膝をつき頭を下げているから。

ラティナさんは、ヴィアちゃんから襲撃犯がヨーデンの人間だと聞かされたとき、とても驚き、真っ青な顔になった。

明らかに何も知らない人の反応だ。

そんな彼女にこんな格好をさせるべきじゃないと思う。

思うけど、ラティナさんの意思で同じ格好をしている。

使者さんがラティナさんのお兄さんだっていうのも関係しているんだろうか？

そんなラティナさんに同情の視線を向けていると、隣に立っているショーンが顔を近付けて小声で話しかけてきた。

（ねえ、お姉ちゃん）

（なによ？）

（僕とノヴァ君、部屋出ていい？）

（いいわけないでしょ！　家族なんだから、黙って話聞いときなさいよ！）

（えぇ……）

この重苦しい雰囲気に負けたのか、ショーンはどうにかしてこの部屋から抜け出したいらしい。

ふと視線をノヴァ君に向けると、彼もこっちを見ながら同じような顔をしていた。

まあ、ラティナさんの友達である私でも逃げ出したい雰囲気だもの、二人とあまり接点のないショーンたちがそう思っても仕方がないか。

でも、自分の兄、姉が襲われたのだ。

無事だったとはいえ、どういう理由で襲われたのかくらいは知っておくべきでしょ。

ということで、私はショーンの懇願を却下して大人しくしているように言い渡した。

小声で話していたんだけど、部屋は沈黙に包まれていたのでオーグおじさんに聞こえたらしい。

チラッとこちらを見ると「んんっ！」と咳払いをしてラティナさんのお兄さんに話しかけた。

「さて、いつまでもそうしていても始まらない。まずは顔をあげてくれないか」

オーグおじさんがそう言うと、ラティナさんとお兄さんはゆっくりと顔を上げた。

その顔は、二人とも真っ青になっていた。

そんな二人を見て、オーグおじさんは現在の状況を話し出した。

「昨日の襲撃犯は全員捕らえて尋問しているのだが、中々口が固くてな。黙秘したままでなにも喋ろうとせん」

オーグおじさんはそう言うとラティナさんのお兄さんを見た。

お兄さんは、申し訳なさそうな顔をするだけで言葉は発しなかった。

その様子を見て、オーグおじさんは溜め息を一つ溢すと、また話し始めた。

「我が国には、自白強要用の魔道具もあるのだが……」

オーグおじさんがそう言うと、ラティナさんとお兄さんは大きく目を見開いた。

まあ、驚くよね。

ちなみに、パパ作です。

「我が国においても、重大犯罪を犯した者にしか使用を許されていない魔道具なのだ。なにせ、使用された者の意思を無視して全て正直に話させてしまうものだからな。他国の人間に使ってしまうと国家機密まで暴(あば)いてしまうことになる。それは問題だろう？」

その言葉に、お兄さんの顔色が更に悪くなった。

「ということで、その魔道具が使えんから未だに証言が聞けていない。なのでカサール殿、知っていることがあれば話してはくれんか？　もし何も知らないというのであれば、たとえ国際問題になろうとも襲撃犯に自白の魔道具を使うしかなくなるのだが……」

そう言いながらお兄さんを見るオーグおじさん。

お兄さんはギュッと目を瞑り、しばらく考えたあと、覚悟を決めたように目を開いた。

「分かりました。私の知っている限りのことをお伝えいたします」

「そうか。ではカサール殿の知っていることを、順を追って説明してくれるか？」

「……分かりました。そのためには、まず我が国……ヨーデンに伝わる伝説を知っておいていただく必要があります」

お兄さんはそう言うと、ヨーデンに伝わる伝説を話し始めた。

昔、竜が魔物化したことがあった。

強力な攻撃魔法が使えないヨーデンの人間たちは、身体強化と変成魔法を駆使して竜の魔物に立ち向かった。

しかし、悉く返り討ちにあい、もう人類はダメかもしれないという絶望感に打ちひしがれていたとき、目を真っ赤に光らせた人が現れて、竜の魔物と戦い始めた。

その戦いは熾烈を極め、その人は瀕死の重傷を負いながらも竜の魔物を討伐した。

歓喜に打ち震えるヨーデン国民だったが、瀕死のその人は、竜の魔物を倒したあと、息を引き取った。

自らの身を挺して人類を守ってくれたこの『赤い目の人』を、ヨーデンでは『救世主』と呼び、崇めているという。

この話を聞いた途端、パパとオーグおじさんの顔がとても険しくなった。

「……続けてくれ」

「はい。それで、今回の本題になるのですが……失礼ですがシルバー様」

お兄さんは、急にお兄ちゃんに声をかけた。

「なんですか？」

「御自身の出自について、どれくらい知っておられますか？」

お兄さんの言葉に、パパとママがギョッとした顔をした。

お兄ちゃんの方は、腕組みをしながら「うーん」と首を捻る。そして、驚くべき言葉を発した。

「それって、僕の本当の両親が……魔人だったかもしれない、ということが関係しているってことかな？」

え⁉　なにそれ⁉

私は驚いてお兄ちゃんの顔を見る。

パパとママも、驚愕した表情でお兄ちゃんを見ている。

え？　魔人の子ってなに？

お兄ちゃんって、生き残った帝国人夫婦の子供じゃなかったの？

なんで急にそんなことを言い出したのか意味が分からなくてお兄ちゃんの顔を見たのだけど、お兄ちゃんは平然とした顔をしていた。

なんでそんな平然としているの？　と不思議に思っていると、パパが震える声でお兄ちゃんに話しかけた。

「シルバー、お前……なんで……」

「なんでこんなこと言うのかって？　そりゃあ、カーチェ婆ちゃんの発表に矛盾が一杯あるからだよ」

お兄ちゃんはなんでもないことのようにサラッと言った。

カーチェ婆ちゃんの発表とは、創神教教皇であるエカテリーナお婆ちゃんが魔人王戦役終結後に発表したお兄ちゃんの出自のこと。

パパたちが最終決戦の地である旧帝都に乗り込んだとき、魔人たちの手を逃れた夫婦がおり、その夫婦に子供がいた。

しかし、その夫婦は亡くなる寸前で、その場に居合わせたママにお兄ちゃんのことを託して亡くなったという話。

旧帝都が滅ぼされたあと、妊娠しながらも一年間生き延びた親から生まれ、聖女であるママに託された奇跡の子であると発表したんだけど。

世界中で良く知られているその話の矛盾点を探そうと必死に頭を回転させていると、私が答えに辿り着く前にお兄ちゃんが話し始めてしまった。

ああ！　まだ考えてる途中なのに!!

「魔人の手を逃れた人間がいた……これ自体はおかしな話じゃないと思う。国には膨大な数の人間がいるんだ、一人二人見逃していても不思議な話じゃない」

まあ、それはそうだね。

「でも、魔人や魔物が徘徊する旧帝都で一年も生き延びる？　食料もないのに、妊婦がどうやって？」

「む……」

そこを指摘されて、パパとオーグおじさんが眉を顰めた。

今指摘されて気付いた、という感じじゃなくて、気付かれたという感じ。

じゃあ、やっぱり……。

「そう考えて、僕の両親は生き残った帝国人じゃないのかもしれないって思った。でも僕を旧帝都で引き取ったことに間違いはないらしい。じゃあ、僕の本当の両親は誰なのか？」

お兄ちゃんは一息ついてから自分の意見をパパにぶつけた。

「魔人と魔物が跋扈する旧帝都にいて無事に過ごし、子供を産んでも問題のなかった人物……それって、そこを支配していた魔人以外にいないんじゃないか……って。父さん、合ってる？」

お兄ちゃんは、非常に重い話題を、まるで世間話のようにパパに投げかけた。

言われたパパは一瞬目を見開いたあと、フッと軽く息を吐き、答えた。

「……ああ。シルバーの言う通りだ。シルバーの両親は魔人だ」

その言葉に驚いたのは、私たち子供だけで、大人たちは辛そうに眉を顰めるだけで驚きはしなかった。

ただ、ラティナさんのお兄さんは別の事に驚いている様子だった。

「……シルバー様は辛くはないのですか？　その……シン様たちは、あの、あなたの両親の仇ということになるのでは……」

お兄さんがそう言った瞬間、オーグおじさんから今まで感じたこともないほどの怒りの波動が感じられた。

ま、魔力が荒ぶってるーっ!!

「なにも事情を知らない貴様になにが分かるっ!!　あのときの我々がっ！　シンがどれほど苦渋の決断をしたのか！　なにも知らないくせに軽々しくそのようなことを口にするな!!」

オーグおじさんはとても厳しい国王様だけど、今までこんなに怒ったところを見たことはない。

まるで魔力そのものが物質化したような、そんな錯覚を覚えるほど部屋中に魔力が渦巻いている。

高等魔法学院で専門的に魔法を習い始めたから分かる。

こ、これが、世界二位の魔法使い……。

その圧倒的な魔力に、私とショーンだけでなく、実子であるヴィアちゃんやノヴァ君まで真っ青になっている。

まして、その怒りの矛先を向けられたお兄さんと、隣にいるラティナさんは……真っ青を通り越して土色の顔になりながらガクガクと震えている。

他国の国王様で、世界二位の魔法使いであるオーグおじさんから真っすぐ怒りをぶつけられる……。

それだけで、ラティナさんとお兄さんはショック死するかもしれない。

危ないと思いつつも、私も怖くて一歩が踏み出せない。

そんな中、全く動じていない人たちがいた。

「オーグ、落ち着け」

「そうですよ陛下。ラティナさんたちが可哀想です」

「まったく、相変わらずシンさんのことになるとすぐ感情的になるのですから……」

パパとママは苦笑しながら、エリーおばさんは溜め息を吐きながらオーグおじさんを宥めた。

「む……しかしな」

「まあ、正直無神経だなとは思うよ？」

パパはそう言うと、お兄さんを一瞥した。

視線を向けられたお兄さんは、土色の顔をしながら項垂れる。

「でもまあ、確かにカサールさんの言っていることも間違いじゃない。そこは俺も聞きたい。シルバー、その考えに至ってから、俺たちが両親の仇だとは思わなかったのか？」

パパがお兄ちゃんに訊ねると、お兄ちゃんはキョトンとした顔をしていた。

「本当の両親と言われても全く覚えていないし、それに、僕が養子だと気付いたとき、父さんが言ってくれたじゃないか」

　お兄ちゃんはそう言うと、フッと笑った。

「『俺たちは、シルバーのパパとママじゃなかったか？』って。父さんと母さんが僕の両親だよ。それ以外にはいない」

　お兄ちゃんがそう言ったあと、パパはちょっと泣きそうな顔をしながら微笑んだ。

　ママは、ソファーから立ち上がり、向かいのソファーに座っていたお兄ちゃんの頭を思い切り抱きしめた。

「ええ。ええ！　誰がなんと言おうとシルバーは私たちの子です！　赤ちゃんのときから大事に大事に育ててきた、私たちの大事な息子です‼」

　お兄ちゃんの頭を自分の大きな胸に抱きかかえながら大粒の涙を流すママ。

　うう、エエ光景や……。

　ママとお兄ちゃんの親子愛に感動していると、お兄ちゃんがジタバタと暴れ始めた。

「ムグウッ」

「お、おばさま！　シルバー様が窒息(ちっそく)してしまいますわ‼」

「あら？」

　ヴィアちゃんの指摘でママはお兄ちゃんの頭を離した。

「ぷはっ！　し、死ぬかと思った……」

どうやら、お兄ちゃんはママの胸で窒息しかけていたらしい。

まあ、確かに、あの胸は殺傷力高めだからなあ……。

そう思いながら、私は自分の胸を見た。

私は、ママの実子のはずなんだけどなあ……。

「あら？　ゴメンねシルバー」

「もう、おばさま！　嬉しいのは分かりますが、シルバー様は私の恋人になったのです。そういうのはこれから私の役目ですわ」

ヴィアちゃんはそう言うと、お兄ちゃんの頭を抱きしめた。

お兄ちゃんは、ママに抱きしめられていた時とは違い、珍しく赤い顔をしている。

そりゃあ、ヴィアちゃんも、ママほどじゃないにしろ豊満だからねえ……。

「あらあら。ふふ、そうね。ごめんなさいヴィアちゃん。でも嬉しくって」

そう言って笑うママ。

さっきまでこの世の終わりかと思われた部屋の雰囲気が、まるで一変してしまっている。

はぁ……なんだコレ？

さっきまでのシリアス展開、どこ行った？

あまりに早い展開に頭がついてこない。

そう思っていると、ヴィアちゃんの胸から逃れたお兄ちゃんが「コホン」と咳払いをした。

「えっと……カサールさんはちょっとすぐには話せない状態みたいだし、落ち着いて話ができるようになるまで時間があるでしょ？　だから、この機会に父さんたちに聞いておきたいことがあるんだ」

「俺たちに？」

「うん」

「なんだ？」

パパがそう訊ねると、お兄ちゃんは真面目な顔をして言った。

「本当のこと。僕を引き取る際、本当はなにがあったのか、それが知りたい」

「……」

それは確かに、私も知りたい。

「さっきカサールさんは、父さんたちが僕の両親の仇になるんじゃないかって言っていた。けど、父さんたちは、毎年本当の母親の墓参りに連れて行ってくれていた。それも父さんたちが両親の仇だとは思えなかった理由なんだ」

「そう、か……」

お兄ちゃんの言葉に、パパは苦しそうな顔で答える。

見ると、ママもオーグおじさんも辛そうな顔をしている。

「だから、あのとき……魔人王戦役のときに、本当はなにがあったのか、それが知りたいんだ」

お兄ちゃんは、真剣な顔でパパにそうお願いした。

その隣では、ヴィアちゃんも姿勢を正してパパを見つめている。

「私からもお願いしますわ。私の恋人のことですもの、全てを知っておきたいのです」

二人から真剣な顔で見つめられたパパは、少し考えたあと、ママを見た。

ママは、少し悲しそうな顔で頷いた。

次いでオーグおじさんに視線を向けると、オーグおじさんも真剣な顔をしていた。

「そうだな。シルバーが自力でそこまで辿り着いてしまったのなら仕方がない。なら、変な噂や間違った情報を信じてしまうより、真実を話してしまった方がいいかもしれないな」

オーグおじさんがそう言うと、パパはしばらく真剣な顔で考えたあと、顔をあげた。

「……分かった。シルバー、真実を話すよ。あのとき、なにがあったのかを」

パパはそう言うと、私たちが生まれる前に起きた歴史的大事件『魔人王戦役』と『奇跡の子』に関する真実を話し始めた。

魔人王戦役が終結した日、旧帝都でなにがあったのか。

旧帝城で生まれたばかりのお兄ちゃんと、その母親である女魔人を見つけたこと。

父親は、魔人王シュトロームであること。

魔人同士の男女から生まれた子供であるにもかかわらず、お兄ちゃんは魔人としてではなく人間として生まれたこと。

それが魔人たちに未来がないことの証明となってしまい、シュトロームが絶望し世界が滅ぶか自分が滅ぶかの二択を迫ったこと。

お兄ちゃんの本当の母親は、自分は殺されてもいいからお兄ちゃんを見逃してくれと懇願してきたが、魔人とはいえ戦う意思のない、子を産んだばかりの母親を殺すことを躊躇い、今後人間に敵対しないこと、お兄ちゃんを人間として真っ当に育てることを条件に見逃したこと。

しかし、シュトロームとの最終決戦時、シュトロームに本気で恋慕していたその母親は、身を挺してシュトロームを護ろうとした。

しかし、シュトロームはその母親によってパパの視線が遮られたのをいいことに、母親ごとパパを撃ち抜いた。

パパはその後シュトロームを討伐したが、母親もそのとき致命傷を受けた。

魔人には治癒魔法が効かず、ママでもパパでも助けられなかったと、パパはその顔に後悔を滲ませた。

そして、死の間際、ママにお兄ちゃんを託し、亡くなった。

パパの話が終わったとき、私は涙が止まらなかった。

お兄ちゃんの本当の母親は、お兄ちゃんを守るために自分の命を差し出そうとしたんだ。

だから、パパとママは、お兄ちゃんの母親は魔人だけど、毎年お墓参りにお兄ちゃんを連れて行っていたんだ。

お兄ちゃんの本当の母親の命懸けの献身を思うと、私は魔人だからと嫌うことなんてできなかった。

「……そういう経緯があってな。シルバーの本当の母親……ミリアっていうんだけど、ミリアはシシリーにシルバーのことを託した。だからシシリーは……ママはミリアの遺志を受け継ぎ、シルバーのことを全力で愛し、育てたんだよ。なあ、シルバー」

「……なに？」

パパに返事をするお兄ちゃんの声も涙声だ。

「お前が俺たちの養子だと告げたときに言ったろ？　お前の本当の母親は、お前のことを愛していたって。俺たちはそのバトンを受け取ったんだって」

「うん……覚えてる……」

「その愛は、本当に命懸けだったんだ。命を懸けて、ミリアはお前を愛した。守ろうとした。それだけは、決して勘違いしないでくれ」

パパの言葉に、お兄ちゃんはしばらくなにも言えず、静かに涙を流し続けた。

「……正直、僕の本当の両親が魔人かもしれないって考えたときは、その言葉を疑ったこともあったよ……」

「……そうか」

「けど、父さんの話を聞いた今、そんな疑いは微塵も持たないよ。僕は、本当の母と、父さん母さんに愛されて育った、幸せな子供だったと、胸を張って言える。だから、父さん、母さん」

「うん」

「はい」

「……本当のことを教えてくれて、ありがとう。僕を育てて……愛してくれて、ありがとう」

「シルバー……」

「……」

お兄ちゃんの言葉に、パパは泣きそうに顔を歪め、ママはもう涙腺が決壊している。

「僕は間違いなく、幸せな子供だった。それは、胸を張って言えるよ」

「っ！　シルバー‼」

「うわっ‼」

「良かった……シルバーが幸せだと言ってくれて……本当に良かった……」

お兄ちゃんの言葉に堪らなくなったママがお兄ちゃんに抱きつき、ポロポロと大粒の涙を流している。

こんなママ、見たことないよ。

それくらい、お兄ちゃんを引き取ったことは大きなことだったんだろうな……。

顔がまたママの胸に埋もれることになったお兄ちゃんだけど、さすがに今回ばかりはヴィアちゃんも文句を言わなかった。

っていうか、ヴィアちゃんもお兄ちゃんの隣で大号泣してて、それどころじゃなさそうだ。

パパは、目尻に浮かんだ涙をそっと拭いながらその光景を見ていたけど、その視線をラティナさんたちに移した。

お兄ちゃんと面識のないラティナさんのお兄さんは呆然とした顔をしているけど、ラティナさんの方は大号泣している。

まあ、面識もあるし仲良くしてたしね。

パパは、そんな号泣しているラティナさんではなく、お兄さんの方へ視線を向けていた。

「さて、こちらの事情はこういうことだ。それと今回の襲撃と、どう結びつくのか教えてくれないかな？」

そう問われたラティナさんのお兄さんは、オーグおじさんによるショックからも回復していたらしく、さっきの話の続きを話し始めた。

「……こちらで魔人王戦役のことを耳にしまして……その魔人と呼ばれている者たちがヨーデンで語られている救世主の特徴と酷似していると思いました。なぜ魔人と人間が敵対していたのかは分かりませんが、その魔人同士の子であるシルバー様は、ヨーデンにとって英雄となられる可能性があると、そう思いました」

「……続けて」

ラティナさんのお兄さんの言い分にピクリと眉を動かしたパパとオーグおじさんだったけど、途中で口は挟まず、最後まで聞くことにした。

「それで、どうにかシルバー様にヨーデンに来てもらえないか、できるなら永住していただけないかと思い、貸与していただいた通信機で本国に連絡をしました。私は……私たち主流派は穏便にシルバー様に我が国を訪問していただけないかと考えていたのですが、一部の過激派が、そんな悠長なことをせずとも攫ってしまえばいいと、その……暴走しまして……」

「……シルバーがヨーデンに行くための足枷(あしかせ)になる我が娘、ヴィアが邪魔になったと」

オーグおじさんが冷たい声でそう言うと、ラティナさんのお兄さんはまた真っ青な顔になって首をブンブンと横に振った。

「彼らは知らなかったのです!! 私は、シルバー様には懇意(こんい)にしている女性がいるので永住は難しいと、そう伝えたのですが……その、素性(すじょう)は……」

「伝えなかったと?」

「……はい」

「その結果がこれか」

「も！　申し訳ございません!!」

ラティナさんのお兄さんはまた額を床に擦り付けた。

そんなお兄さんの隣で、ラティナさんも同じ姿勢をしている。

まあ、お兄ちゃんが懇意にしている女性がいる、なんてことをラティナさんのお兄さんが知っていたってことは、それを教えたのはラティナさんってことだからね。

なんでラティナさんまで謝ってるのかと思っていたけど、自分の報告が発端でこんなことになれば、謝罪もしたくなるか。

気にしないでいいよとは言えないし、どうやって慰(なぐさ)めようかな？　と思っていると、パパがまた別の質問をした。

「まあ、動機は分かったけど。あの人数の刺客、どうやってアールスハイドに入国したんです？　使節団にはいませんでしたよね？」

「えっと、それが……」

ラティナさんのお兄さんはチラリとオーグおじさんを見たあと、非常に気まずそうに伝えた。

「先日輸送しました、カカオを積んだ貨物船の乗組員に紛れ込んでいたようで……」

おぅ、マジか。

発端、私らだったわ。

見るとヴィアちゃんも、気まずそうに視線を逸らしている。

「私どもも、水際で対処しようとしたのですが……本当にうまく乗組員に紛れていたようで、過激派の人間だと特定できず……結果、このようなご迷惑をおかけしてしまいました……」

ラティナさんのお兄さんの落胆ぶりが半端じゃない。

まあ、せっかくいい関係が築けそうだったのに身内に邪魔されたようなもんだからなあ。

正直、この一件でヨーデンとの交易を見直す話になってもおかしくない。

ここまでの努力が全て水の泡になりそうなんだから、そりゃ肩も落とすわ。

全て話し終わったラティナさんのお兄さんは、肩を落とし俯いたまま、オーグおじさんの裁定を待っている。

あのオーグおじさんの怒りを真正面から受けたからなあ、今回の件は許されないと思っているかもしれない。

そのオーグおじさんだけど、なにやらパパと小声で打ち合わせをしているらしい。

少し話し合ったあと、オーグおじさんはラティナさんのお兄さんに裁定結果を伝えた。

「カサール殿、まずは話してくれてありがとう。その言葉が真実であると証明するために、一つ了承して欲しいことがあるのだが」

「了承？　なんでしょう？」

すでに諦めムードが漂うラティナさんのお兄さんは、半ばヤケクソ気味に答えた。

そんなラティナさんのお兄さんを見たオーグおじさんは、ニヤッと悪そうに笑った。

……マジで悪そう。

「なに、そんなに難しいことではない。捕らえた襲撃犯に自白の魔道具を使うことを、了承してもらいたいのだ」

「え？　あ、はい。構いません」

「よし。シン聞いたな？」

「ああ、カサールさんが自白の魔道具の使用に許可を出した。俺たちが証人だ」

「では、さっそく襲撃犯の尋問を再開するとするか。ああ、カサール殿」

「は、はい！」

「非常に残念な事件が起きてしまったが、貴国との交易は我々にとっても利が非常に大きい。今後も交易交渉を進めていきたいと思っているのだが、よろしいか？」

オーグおじさんの発言が驚きだったのか、ラティナさんのお兄さんは目を大きく見開いて驚いていた。

「よ、よろしいのですか⁉」

その言葉を聞いたオーグおじさんは、またニヤッと笑った。

……うわ、また悪そうな顔してる。

「もちろんだ。ただ、今回の事件、一部の人間の暴走だという話だが……それを知っていながら押さえられなかったそちらの責任を問わない訳にはいかん。そこで、今後の交易交渉は、我らの主導で行いたいのだが、よろしいな？」

一応問いかける形を取っているけど、これは『はい』以外の答えを許さない問いだ。

実際、ラティナさんのお兄さんは、メッチャ顔が引き攣ってる。

「は、はい……」

「うむ。ああ、それと、襲撃犯についてだが、その身柄をどうするかについてはまだ取り決めていなかったな。こちらの大陸の国際法であれば、外国人が事件を起こした場合、事件を起こした国の法で裁いてよいということになっているのだが」

「あ、はい、それで構いません。ただ、私どもも事件の真相を知りたいので、事情聴取の結果はお教え願いたいのですが……」

「ああ、それは構わない。そちらの都合も色々あるだろうからな。まあ、当然、その顚末についても教えてもらえると思うがな？」

「は、はは！　それはもう、必ず……」

ラティナさんのお兄さんの言葉を聞いたオーグおじさんは、満足そうに頷いた。

「うむ。私からは以上だが、ヴィア、シルバー、襲われた当事者のお前たちから、なにか言いたいことはあるか？」

オーグおじさんに話を向けられたお兄ちゃんとヴィアちゃんは、お互いの顔を見合わせたあと、揃って顔を横に振った。

「ラティナさんやカサールさんに罪がある訳じゃないし、僕からは特にないです」

「それに、この後のことはお父様とシンおじさまが対処なさるのでしょう？　なら、これ以上私から言うことはなにもありませんわ」

「そうか。なら終わりにしよう。カサール殿、ご苦労だった」

「はは！」

「それと、カサール嬢」

「あ、はい！」

自分にまで話が振られるとは思っていなかったのか、ラティナさんが驚いた顔で返事をした。

「カサール嬢はヴィアの友人と聞いた。これからも娘の友人でいてくれるか？」

「え、あの……私は全く問題ないのですけど……殿下にそう思っていただけるかどうか分かりませんので……」

「ふむ。どうだ？　ヴィア。これからもカサール嬢と友人関係を続けていきたいと思っているか？」

オーグおじさんにそう訊ねられたヴィアちゃんは、ちょっと首を傾げた。

「何を仰っていますの？　お父様。今回の件、ラティナさんにはなんの咎もないではありませんか。当然、これからもお友達ですわ」

心底不思議そうにそう答えるヴィアちゃん。

「で、殿下……」

ラティナさんからしたら予想外の答えだったようで、ヴィアちゃんを見る目が潤んでいる。

そんなラティナさんの視線を受けて微笑むヴィアちゃん。

ふふ、美しい友情だ。

「さて、ヴィアちゃんたちの仲もこれまで通りということで良かったけど、問題はヨーデンでの魔人の認識だな」

微笑み合うヴィアちゃんとラティナさんを見ながら、パパがそんなことを言った。

「ふむ。どうやら、ヨーデンでは魔人のことを救世主として崇めているようだからな。その認識を改めない限り、今後もシルバーを無理矢理にでも引き入れようとする輩が現れるかもしれん」

オーグおじさんがそう言うと、ヴィアちゃんは不安そうにお兄ちゃんの手をギュッと握った。

せっかく気持ちが通じ合ったのに、無理矢理離れ離れになるとか悲劇でしかないもんな。

どうにかできないかな？　と思っていると、ラティナさんのお兄さんが言葉を挟んできた。

「あの……私どもの認識が間違っているとは……どういうことなのですか？」

その言葉を聞いたパパとオーグおじさんは、顔を見合わせると二人揃って小さく頷いた。

この二人、付き合いが長くて深いから、時々視線だけで会話するんだよね。

ああ、オーグおじさんの隣でエリーおばさんがモヤモヤした顔してるよ。

そんなエリーおばさんを放置して、オーグおじさんが口を開いた。

「カサール殿には先に話しておこうか。魔人とは、一体どのような存在なのか」

そういえば、私たちも教科書やパパたちの伝記でしか魔人の存在を知らない。

ラティナさんたちだけでなく、私たちも身を乗り出してオーグおじさんの話を聞く態勢になった。

「まず、分かっていると思うが、魔人とは人が魔物化した存在だ。それは分かっているな？」

オーグおじさんからの質問に、私たちアールスハイド組はコクリと頷く。

ラティナさんとお兄さんは、今一納得しきれない顔をしている。

「あの……確かに、救世主様と魔人と呼ばれる存在は魔物と特徴が類似(るいじ)していますが……それは本当のことなのですか？　私たちは、人は魔物化しないと思っていたのですが……」

ラティナさんのお兄さんの言葉を聞いて、オーグおじさんは小さく頷いて続きを話す。

「そうだな。私たちの祖先……というほど昔でもないか。私たちの祖父母の代までは、そなたらと同じ認識だった。魔物化とは、魔力制御ができない動物が過剰(かじょう)に魔力を取り込み暴走させた結果起こる現象であり、魔力制御に長(た)けている人間には起こり得ない……とな」

オーグおじさんの言葉に、ラティナさんたちは頷く。

ちなみに、私たちもその辺りの魔法界の常識の変化については魔法の授業で習っているので知っている。

「だが、実際に人が魔力を暴走させての魔物化……魔人化は起こった。その魔人は意思や理性を持たず、自らの破壊衝動のままに暴れまわり、我がアールスハイド王国は壊滅の一歩手前まで追い詰められた」

その話を聞いたラティナさんたちの顔が驚愕に包まれた。

「か、壊滅一歩手前……」

「そのときは、ここにいるシンの祖父母であるマーリン殿とメリダ殿の活躍もあり、魔人は討伐された。ウォルフォード家がアールスハイドで特別視されているのはそのためだ」

ラティナさんのお兄さんは感心したようにパパを見ているけど、ラティナさんは意外そうな顔をしていた。

まあ、ラティナさんが見ているひいお爺ちゃんたちは、日向ぼっこをしながらお茶を飲んでいるおじいちゃんとおばあちゃんだもんなあ。

私も、話としては知っているけど、正直あんまり実感はない。

「そのときは討伐するのに精いっぱいで、なぜ魔人化したのか検証すらできなかったのだが、その数十年後、今度は隣国ブルースフィア帝国に魔人が現れた。それが、魔人王戦役の首魁、オリバー＝シュトロームだ」

そういえば、私たちも話としては知っているけど、当事者であるパパやオーグおじさんから魔人王戦役の話を聞くのは初めてだ。

私たちも姿勢を正し、オーグおじさんの話を真剣に聞く。

「コイツは、以前の魔人と違い、意思を保っていた……まあ、理性が残っていたとはとても言い切れんがな。なにせ、帝国を皆殺しにして滅ぼすために次々と魔人の仲間を増やし、最終的には目的を果たしてしまったのだからな」

どこからか、ゴクリと唾を飲み込む音がする。

国の人間を皆殺しにして滅亡させる……それを実行してしまったシュトロームの恐ろしさに、誰もが背筋を震わせた。

「過去にアールスハイドに現れた魔人。シュトローム。シュトロームに魔人化させられた者。そしてその後にも何人か魔人化した者に遭遇したのだが、そのいずれにも共通することがあった。それは……すべてなにかしらの恨みや憎悪に塗れていたということだ」

オーグおじさんはそう言うと、ラティナさんたちをジッと見つめた。

「ヨーデンにおいて過去に現れたという救世主……恐らく魔人だと思われるが、竜が魔物化し暴れまわっていたときに現れたのだったな」

「は、はい」

「恐らく、その竜の魔物に誰か大切な者を殺された魔法使いだったのではないか？　だから竜の魔物に憎悪を抱き、魔人化してしまった。そして、その憎悪を竜の魔物に向けた。結局、竜の魔物と相討ちになってしまったので竜の魔物を討伐したという功績だけが残り、その実態は知られなかったのではないだろうか？」

「……」

「もし相討ちにならず、その魔人が生き残っていた場合、救世主伝説としてではなく、破壊神伝説として語り継がれていたかもしれんな。いや、そもそも国が残っていない可能性もあるか」

オーグおじさんの推測は正しいように思う。

ラティナさんのお兄さんもそう思ったのか、青い顔をして震えている。

「まあ、自国の英雄のことだ。簡単に納得できるものではないのは分かるが……なんにせよ、人は恨みや憎悪を持って魔力を暴走させると魔人化すると思われる。そんな経緯で魔人化した者を崇拝するのは止めたほうがいい」

「は、はい……」

今まで知らなかった救世主の真実を知り、ラティナさんのお兄さんはもう倒れそうだ。

でも、ここでふと疑問が湧いた。

「はいはい、パパ、しつもーん」

「うん？　どうしたシャル？」

「恨みで魔人化するならさ、もっと魔人がいないとおかしいんじゃない？」

私は実際に出会ったことはないけど、世の中には自ら命を絶つほどの絶望を感じてしまう人が大勢いることも事実。

恨みや憎悪で魔人化するなら、魔人はもっと大勢いないとおかしいと思うんだけど……。

「ああ、それな。まず、初めて魔人化した人なんだけど……なんでも爺ちゃんの親友で、爺ちゃんに匹敵するくらいの魔法使いだったらしい」

「ひいお爺ちゃんに⁉」

「ああ、おそらく、シュトロームも帝国にいたころは帝国を代表するほどの魔法使いだったんじゃないかな？　奴は、恐ろしいほど魔法に長(た)けていたよ」

「へえ……」

「つまり、自分の力で魔人化する人間は、爺ちゃんクラスの魔法使いでないと無理ってことだよ。そんな人間がホイホイいるか？」

「いない……かな？」

「それが理由だよ。ヨーデンで魔人化した人も……実際に記録がある訳じゃないだろうし憶測でしかないんだけど、恐らく相当優秀な魔法使いだったんじゃないかな？」

「攻撃魔法を使わないし、魔力制御の総量も増やしてないのに？」

私がそう言うと、パパは少し考え込んだ後、ハッとした顔をした。

「……そうか。もしかしたら、魔力暴走を過剰なくらい恐れているのは、当時の人たちが魔人化の条件に気が付いたからなのかも……」

パパのその言葉に、ラティナさんたちもハッとした顔をした。

思い当たる節があるらしい。

「まあ、俺たちが知っている限り、自ら魔人化したのは爺ちゃんの親友とシュトロームだけ。他はそれ以外の要因で魔人化したんだ」

「それ以外の要因？」

「それは、まだシャルには話せないかな。ちょっと機密も絡むから」

「むぅ」

「はは。シャルが大人になったら話してあげるよ」

パパはそう言うと、この質問に対する返答は終わりとばかりにテーブルに置かれているお茶を飲んだ。

オーグおじさんを見ると、肩を竦めて首を横に振っている。

教えてくれるつもりはないらしい。

ママは……止めとこ、笑顔が怖い。

むぅ、気になる……。

「あ！」

「ん？　どうした？」

私は、あることに気が付いて思わず声をあげてしまった。

「……あのさ、ひいお爺ちゃんくらいの実力があったら魔物化しちゃうかもしれないんだよね？」

「多分な」

「じゃ、じゃあ……パパたちは？　パパたちも魔人化しちゃう可能性があるってこと⁉」

パパやオーグおじさん、リンせんせーたちの魔人化……。

ちょっと、やめてよ……そんなの絶対世界の終わりじゃんか！

ヴィアちゃんたちもその未来を思い描いたのか、青い顔をしている。

と、私たちが恐れおののいているのに、当のパパたちは苦笑を浮かべるだけで悲愴な雰囲気はなかった。

なんでそんな平然としてられるの？

そんなに自分に自信があるの？

私知ってるんだから！　そういうの『フラグ』って言うんでしょ⁉

自分に自信がある奴、自分は負けないと思ってる奴からやられていくんだから！

慢心しているパパたちに内心で憤慨していると、パパはなんてことないように話し始めた。

「その可能性をパパたちが気付かなかったとでも？　そんなのもう、とっくに対応済みだよ」

「え？　そうなの？」

「ああ、もう忘れたのか？　その腕輪」

「うで……あ」

そ、そうだった！

この腕輪、魔法使いが必須でつけていないといけない代物で、今では魔法使いの証とも言えるもの。

その効果は……暴走しそうな魔力を平静に保つこと……。

「……メッチャ対策されてんじゃん……ずっと使ってんじゃん……」

てっきり、魔力暴走による事故防止のための腕輪だと思ってた。

まさか、これ自体が魔人化防止の魔道具だったとは……。

「現状、その腕輪がある限り今後新しい魔人は現れないはずだ。魔人化の要因も公開していないしな。だからお前たち、間違ってもこのこと、口外するんじゃないぞ？」

「ちょっ⁉　そんな国家機密っぽいこと、さらっと教えないでよパパ‼」

「ん？　ああ、ゴメンゴメン」

そう言ってあっはっはと笑うパパ。

そういえば、そもそもこの国家機密を喋ったのはオーグおじさんだった。

なのでオーグおじさんを見てみると素知らぬ顔をして誰とも視線を合わせないようにしていた。

……この二人、普段から国家機密に纏わる話ばっかりしてるから、感覚が麻痺しちゃってるんだ。

図らずも魔人の秘密を聞いてしまった私たちは、子供同士で顔を見合わせ、揃って溜め息を吐いた。

私たちはそれくらいで済んだけど、衝撃的な話を聞かされたヨーデン組の二人は、揃って暗い顔をして俯いている。

そして、それを伝えたパパとオーグおじさんは……。

子供に国家機密を聞かせるなんて、と、ママとエリーおばさんから涙目になるくらい頬を抓られていた。

ぷっ、ざまぁ。

我が国の国王様と、世界最強の魔法使いの二人が、それぞれの奥さんから頬を抓られて涙目になるという、なんとも締まらない空気になっていたのだが、オーグおじさんが改めて咳払いをして元の空気に戻す。

「さて、今回の襲撃犯の動機であるヨーデンの救世主と魔人との関連性については、間違いであり、今後ヨーデン政府が良からぬことを考えぬように伝えてもらいたいのだが……」

「は、はい」

「ここで一つ、私にはどうしても拭いきれない懸念がある」

「懸念、ですか？」

オーグおじさんの言葉に、ラティナさんのお兄さんは首を傾げる。

「そうだ。救世主と魔人はおそらく同一の存在で、魔人は怒りと憎悪によって破壊衝動に捉われているので、そなたらの崇拝する救世主とは似ても似つかぬ存在であることは理解したな？」

「……は、い。正直納得しきれていませんが、理解はしました」

「ひとまずはそれでいい。で、だ」

オーグおじさんはそこで一息つくと、ラティナさんのお兄さんの目をジッと見つめながら言った。

「この話を、ヨーデン政府に話したとして、信じてくれるか？」

「!!」

「今のこの場は、問題を起こし立場の弱いそなたらと、立場の強い我々。しかも私はこの国の王だ。聞き入れずにはいられまい」

「それは……確かに」

「しかし、そなたが国にこの話をしたとして、どれだけの人間がこの話を信じてくれる？」

「……」

「なにせそなたらの尊敬する救世主の話だ。信じたくない、という者がほとんどではないか？」

「それは……」

ラティナさんのお兄さんは、苦しそうな顔をして俯いた。

オーグおじさんの指摘が当たってるからだろうな。

自分たちが信じていた英雄が危険人物でした、なんて話、事実だとしても受け入れ難いと思う。

「ヨーデン政府の穏健派だろうと過激派だろうと、最終的な目的は同じ。シルバーの自国への招致だ」

「はい」

「となれば、我々の話を信じてもらえなかった場合、今後もヨーデンはシルバーを自国に招こうと画策し続ける」

「それは……」

ラティナさんのお兄さんは、オーグおじさんの言葉を否定できず、俯いた。

「否定できないか。しかし、残念ながらシルバーは我が国の次代を担う優秀な魔法使いでな。おいそれと他国にやる訳にはいかない。それに加えて我が娘の恋人になったのだ。我が娘を他国にやれない以上、シルバーも国外に出すわけにはいかん」

「お父様……」

キッパリと、ヴィアちゃんのためにお兄ちゃんを他国にやれないと断言したオーグおじさんに感激したのか、ヴィアちゃんはうるうるした目でオーグおじさんを見ていた。

最近のヴィアちゃん、オーグおじさんにちょっと冷たかったから、こんな目でおじさんを見るのは久しぶりに見たよ。

どうしてもお兄ちゃんをヨーデンにはやれない旨を告げられたラティナさんのお兄さんは眉間に皺を寄せ、すごく苦しそうに俯いていた。

お兄ちゃんのヨーデン行きを諦めさせるにはヨーデン政府を納得させなくちゃいけない。

けど、ラティナさんのお兄さんの言葉で政府が納得してくれるとは思えない。

まあ、ラティナさんのお兄さんからしたら『どうすりゃいいんだ！』って感じだよねえ。

どうすんのかな？　とパパとオーグおじさんを見ると、オーグおじさんはしばらくラティナさんのお兄さんを見つめたあと、解決策を口にした。

そして、それは驚くべき内容だった。

「まあ、こうなれば直接我々が行って説明するほかあるまい。シン、シルバー、悪いがヨーデンに行ってくれるか？」

ええ⁉　パパはともかく、当事者のお兄ちゃんをヨーデンに行かせるの⁉

そんな敵地に直接乗り込むようなことして大丈夫なの⁉

誘拐されちゃったりしない⁉

「お、お父様‼　シルバー様を向かわせるなんて、なにを考えているのですか！」

ヴィアちゃんが反対するのは当然だよね。

せっかく恋人同士になれたのに、ヨーデンなんて行ったらしばらく離れ離れになっちゃうもん。

それなのに、当の二人の返事は実にあっけらかんとしたものだった。

「ん？　いいぞ」

「僕も構いません」

「「なんで⁉」」

思わず、私とヴィアちゃんの二人でハモッちゃったよ。

そんな私たちを見て、オーグおじさんは不可解な顔をして首を傾げた。

「なぜって、私が国を離れる訳にはいかないし、そうなると次点の最有力はシンだろう？　それとシルバー本人が現地に行って救世主とはなんの関わりもないことを証明しなくてはならない。それに、シンだぞ？　危険があると思うか？」

「そ、それは分かるけど！　パパはともかく、お兄ちゃんはヴィアちゃんと離れ離れになってもいいの⁉　せっかく恋人同士になれたのに！」

私の言葉に、ヴィアちゃんも「うんうん」と激しく首を縦に振っている。

そんな私たちを見て、オーグおじさんはフッと笑った。

「なら、お前たちも一緒に行けばいいではないか」

その一言は、私たちにとっての福音(ふくいん)だった。

「え？　いいの？」

「ああ。ちょうど夏季休暇中だしな。ヨーデンへの短期留学ということで、ヨーデンの文化や歴史を学んでくるといい」

オーグおじさんから、ヨーデン行きの大義名分(たいぎめいぶん)を貰った私とヴィアちゃんは、思わず二人で抱きしめ合った。

「やった！　私、ヨーデンに行ってみたかったんだよね！」

「シルバー様との南国への旅行！　お父様、ありがとうございます」

ついさっきまでは予想もしていなかった、南国ヨーデンへの短期留学。

それがこんなあっさりと決まるなんて！

ヴィアちゃんもお兄ちゃんとの恋人になってからの初旅行に胸を躍らせている。

「ラティナさん、ヨーデンの案内、お願いね！」

「楽しみですわ！」

私とヴィアちゃんがラティナさんにそうお願いすると、ラティナさんは満面の笑みを浮かべていた。

「はい！　任せて下さい!!」

こうして三人でキャッキャしていると、オーグおじさんが「んんっ！」と咳払いをした。

何だろうとおじさんを見ると、おじさんは呆(あき)れた目で私たちを見ていた。

「短期『留学』だと言っただろう？　当然これは授業の一環だし、帰ってきたあとはレポートの提出をしてもらうからそのつもりでな」

「「ええーっ!?」」

そ、そんな！

そんなんじゃ純粋に楽しめないじゃん！

「嫌なら別にいいんだぞ？　行かなくても」

そう言うオーグおじさんはニヤついてて、メッチャムカつく顔をしていた。

私でもムカついたのに、当然この人が黙っているはずもない。

「お父様のばか！　意地悪！」

普通、娘からそんなことを言われたらショックを受けそうなもんだけど、オーグおじさんは慣れているのかニヤニヤ顔を止めようとしない。

「おいおい、本来ならお前たちがヨーデンに行かなくても、私は一向に構わないのだぞ？　それを、付き合って早々離れ離れにするのは可哀想だと、留学という大義名分を与えてやったのではないか。その大義名分を真実にするためのレポート提出のなにが不満なのだ？」

「「ぐぐっ……」」

そ、それは確かに……。

おじさんは、わざわざ大義名分を与えてくれた。その大義名分を本当にするためと言われてしまえば、私たちはこれ以上反論することができなかった。

二人揃っていい負かされた悔しさに歯噛(はが)みしていると、パパが呆れたように言った。

「お前らが口でオーグに勝てる訳ないだろ。こいつは、ありとあらゆる悪だくみを瞬時に思い付く奴だぞ？」

「おいおいシン、そんなに褒めるな」

「褒めてねえよ……」

そういえば、パパとオーグおじさんも、いっつも軽口の遣り合いをしているけど、パパが勝ったとこって見たことないかも。

はぁ……レポート決定かあ。

せっかくの夏季休暇に自分から課題を増やしてしまって、私とヴィアちゃんは揃って溜め息を吐いた。

そんな中、ラティナさんのお兄さんに、新たに声をかけた人がいた。

「あ、すみませんカサールさん。私も御一緒しますので、後で打ち合わせをさせていただいてもよろしいですか？」

「シシリー？」

「ママ？」

そう、声をかけた人とはママだった。

え？

ママも行くの？　なんで？

ラティナさんのお兄さんも疑問に思ったのか、怪訝な顔をしてママを見る。

そんなラティナさんのお兄さんに、ママはヨーデンに行きたい理由を説明し始めた。

「ラティナさんも一緒に行くのでしょう？　そうすると治癒魔法の訓練が滞りますから、あちらでも訓練ができるようにご一緒しようかと。あと、ヨーデンは治癒魔法が失伝しているとのことなので、もし良ければ治療院などを訪問し、治癒魔法に対する認知度を上げていきたいと思いまして」

ママがそう説明すると、ママを良く知るラティナさんも、ラティナさんのお兄さんも、感激した面持ちでママを見つめる。

さっきまで責められるばっかりで顔色の悪かったカサール兄妹が、ようやく揃って笑顔になった瞬間であった。

「よし、それでは早速だが宿泊先などの手配を頼む。もちろん、経費はそちらで賄ってもらえると思っているのだが？」

「……はい」

オーグおじさん、そんな言い方したら断われないよ。

ようやく笑顔を取り戻したラティナさんのお兄さんだったが、オーグおじさんの一言で、また肩を落として俯くのだった。

やっぱり、オーグおじさんって凄いな。

父親にはしたくないけど。

実の娘であるヴィアちゃんは、抜け目のない提案をするオーグおじさんに、今までと変わりないジト目を向けていた。

うん、ようやく平常運転に戻った気がする！

「うふふ、シルバー様、ヨーデンへの旅行、楽しみですわね」

「おいおいヴィアちゃん。ヨーデンへは仕事で行くんだよ？　遊びじゃないんだから」

「でもでも、それ以外は自由にしていいのですよね？　いっぱい観光しましょうね！」

「はは、自由時間はね」

侯爵邸での話し合いが終わり、各々のコテージへと戻ってきた私たち。

戻ってくるなり、付き合いたてホヤホヤのお兄ちゃんとヴィアちゃんはイチャイチャしている。

話を聞くに、ヴィアちゃんだけじゃなくてお兄ちゃんも長年想いを押し込めていたらしいから、想いが成就した今、イチャイチャしたくてたまらないんだろう。

小さいときからヴィアちゃんからの恋愛相談を受けていた私は、そんな二人を感慨深く眺めていたのだが、弟のショーンは違ったらしい。

「いいなあお姉ちゃんたち。僕もヨーデン行ってみたい」

目の前で、自分とノヴァ君以外の人間のヨーデン行きが決まったのだ、そりゃ羨ましかろう。

「しょうがないじゃない。私たちはレポートありの留学。ラティナさんはその案内。パパとお兄ちゃんは仕事。ママは指導と治療院での奉仕活動。遊びに行く人なんて誰もいないんだから」

ウォルフォード家の中で唯一のお留守番であるショーンを宥めようと、遊びに行くんじゃないということを強調するが、それでもショーンは納得しない。

「嘘だ！　パパたちはともかく、お姉ちゃんたちは絶対遊ぶでしょ‼」

「え？　あ～……ア、アソバナイヨ？」

「メッチャ目が泳いでんじゃん‼」

……正直、ラティナさんに色々と遊べるところを案内してもらう予定だったから、ショーンの指摘に思わず目が泳いでしまった。

余計に拗ねてしまったショーンを宥めてくれたのは、ショーンの幼馴染みで親友であるノヴァ君だった。

「落ち着きなよショーン。今回のこれで夏季休暇中の短期留学っていう前例ができるんだからさ、僕たちが高等学院生になった頃にはちゃんとした制度になって留学に行けるようになるさ」

「むー、それはそうかもしれないけど、でも！　今、行きたいじゃん‼」

「それは僕もそうだけど、今のヨーデンにはどんな危険が潜んでいるか分からないじゃないか。だから、姉様たちにヨーデンの安全性を確認しに行ってもらおうよ」

「……分かった。お姉ちゃん、頑張ってね」

「ちょっと待て‼　アンタら、実の姉を使って安全確認しようとしてない⁉」

なにこの子ら⁉　怖いよ‼

「ははは」

ノヴァ君は否定も肯定もせずに笑ってるし！

「はぁ……まったく、ノヴァは顔だけじゃなく、中身までお父様に似てきましたわね」

「あ、本当ですか⁉」

「褒めてませんわよ！」

いや、現国王様に似てきたというのが嫌味って、それもどうかと思うよヴィアちゃん。

「あ、そういえばさ、今回の留学、行くのって私とヴィアちゃんだけ？　Sクラスみんな？」

「さあ……お父様からその辺りの詳細を聞くのを忘れていましたわね」

「オーグおじさん、まだ自分のコテージにいるよね？　後で聞きに行こうか」

「一応聞いておいたぞ」

「あ、パパ、お帰りなさい」

私とヴィアちゃんが今回の留学について話していると、ラティナさんのお兄さんをゲートで王都に送ってきたパパが会話に加わった。

「おじさま、お父様ともう協議されていたのですね。それで、参加者はどうなりますの？」

「まあ、夏季休暇の予定もあるだろうけど、一年Sクラスの希望者は全員参加できるぞ」

わ、そうなんだ。

ん？　でも、ちょっと待って。

「一年Sクラスの希望者のみ？　学院全体じゃなくて？」

「そりゃそうだろ。今回は急な話だ、学院全体のイベントにするにしても時間が足りない」

「なるほど」

「だから一年Sクラスだけ。期間は来週から一週間。幸いここに全員いるから、あとで意思確認するよ」

そういえば、他のクラスメイトの夏季休暇中の予定とか全然知らないや。

マックスとレイン、アリーシャちゃんは毎年一緒だから大体の予定は把握してるけど、レティとかデビーとか知らないもんな。

そんなわけで、ビーチに集合していたデビーたちに、ヨーデンへの短期留学の話を持ち掛けた。

マックス、レイン、アリーシャちゃんは即答で参加。夏季休暇中は特に予定がなかったらしい。

レティは、ママも行くって聞いてすぐに参加表明。

デビーは、夏季休暇中は魔物討伐をして小遣い稼ぎをしたかったらしいんだけど、ミーニョ先生が責任者として参加するということを聞かされると、魔物狩りの予定をキャンセルして参加を表明した。

ミーニョ先生の参加については、オーグおじさんが直接学院に通信して決めさせたらしい。

国王様からの参加命令……断れるわけないよね。

で、あとの男子二人も参加決定。

結局、一年Sクラスは全員参加となった。

「ふふ、皆さん、アールスハイドで私に色々と良くしてくださったので、皆揃ってヨーデンを案内することができて嬉しいです」

さっきまでオーグおじさんの前で、真っ青になって跪（ひざまず）いていたラティナさんも復活し、私たちを案内することを楽しみにしている様子だった。

「うん、よろしくね！　特に、チョコレートの美味（おい）しいお店は絶対だからね！」

「はい。もちろん！」

「はあぁ……素敵（すてき）……」

チョコレート菓子が安価で出回っているという話をラティナさんから聞いていた私は、ヨーデンにたくさんあるというチョコレートのお店に思いを馳（は）せていた。

すると、その思いを打ち破るような叫び声が聞こえた。

「あー！　お姉ちゃん、やっぱり遊びに行くんじゃないか‼」

……。

ソ、ソンナコトナイヨ。

◇第二章◇　南国へ

一週間で諸々の準備を終えた私たちは、王都郊外にある飛行艇発着所に集まっていた。

この飛行艇は、普段は各国の王都との直接の行き来と、遙(はる)か東国のクワンロンとの貿易に使われている。

一般庶民(いっぱんしょみん)の移動にはまだまだ長距離魔動車が多く使われているけど、王族や貴族、商人など、一刻も早く外国に行きたい場合は空路(くうろ)を使うことも増えている。

空路は高いからね。

なんでそんな高く設定してるのか、飛行艇の製作者であるパパに聞いたことがあるけど、なんでも長距離魔動車の運営は、元々魔動車が普及(ふきゅう)する前の長距離馬車を運営している会社が引き継いでいる。

空路を安価に設定してしまうと、その人たちの仕事を奪ってしまうから、と言われた。

空路の方が早いし便利なのに、大人の社会は面倒臭いよ。

さて、そんな発着場にはたくさんの荷物を持ったラティナさんのお兄さんと、身軽な格好の私たちが集まっている。

荷物を持たずにいる私たちに、ラティナさんのお兄さんが苦笑していた。

なんで？

「皆さん、当たり前のようにあの幻と言われている異空間収納が使えるのですね……」

ああ、ヨーデンの人たちは、魔力の制御を洗練させることはできても魔力制御量自体は少ないから異空間収納が使えないのか。

異空間収納が使えないラティナさんのお兄さんは、どうしても大荷物になってしまうと。

いや、ちょっと待って。

「あれ？　そういえばラティナさん、異空間収納使えるようになってなかった？」

私がそう言うと、ラティナさんのお兄さんは、ラティナさんにジト目を向けた。

「そうなんですが、自慢するばかりで荷物を預かってくれないんですよ」

ええ？　ラティナさん、お兄さんにはそんな意地悪するの？

「だって、せっかく兄さんにマウントを取れるチャンスなんですよ？　悔しがらせてやりたいじゃないですか」

「ああ、お兄ちゃんの方が大抵なんでも先にできるようになるもんね。その気持ちは分かる」

ウチなんてあのお兄ちゃんだよ？

今だって先にゲートの魔法まで覚えて悔しい思いをしているのだ。

ラティナさんがお兄さんにマウントを取ってもしょうがない。

「はは、まあ、ラティナさんが預かってくれないのならしょうがありませんね。カサールさんはヨーデンの使者ですし、機密書類なんかも持っているでしょうから他国の人間である我々も預かれません。申し訳ありませんが、そのままお荷物を持って行っていただけますか？」

パパが苦笑しながらそう言うと、ラティナさんのお兄さんはガックリと肩を落として項垂(うなだ)れた。

「うう……私も、今更ですけど修行し直そうかな……」

「いいんじゃないですか？　修行を始めるのに早いも遅いもないですよ」

そんなやり取りをしていると、見送りに来ていたオーグおじさんが私たちに声をかけてきた。

「いいか、お前たち。お前たちがヨーデン国民の初めて見るアールスハイド王国人だ。お前たちの行動が彼らの抱くアールスハイド王国人の印象を作ると思って行動するように。特にシン、シャル」

「いやいや！　俺、今はもう問題起こしてないだろ！」

「そうだよオーグおじさん！　私はともかくパパはちゃんとしてるよ！」

パパと私がオーグおじさんに抗議すると、おじさんは額(ひたい)に手を当てて深い深い溜め息を吐いた。

「ウォルフォード夫人、本当に、シャルの手綱を握っておいてくれ」

「あ、はは。なるべく善処しますわ」

「善処では困るのだ……」

項垂れるオーグおじさんをよそに、私たちは飛行艇に乗り込んだ。

「さて、オーグの奴には揶揄(からか)い半分でああ言ったけど、君たちの言動がそのままアールスハイドの印象に繋がるのは本当だから。軽率な行動は慎むようにね」

『はい‼』

パパの言葉に揃って返事をする皆。

こういうのを見ると、やっぱりパパって皆から尊敬されているんだなって感じる。

「マックス」

「なに？　おじさん」

「シャルのこと頼むな。シャルに一番強く言えるのはマックスだろうから」

「ヴィアちゃんとシルバー兄は？」

「二人はヨーデン政府に状況説明に行かないといけないから、シャルの側を離れる時間があるんだ。その間、シャルが野放しになる」

「なるほど。分かった」

「ちょっと!!　野放しってなにそれ⁉　パパもマックスも非道い!!」

二人してなに分かり合ってんの⁉

いくらなんでも他国で変なことしないわよ！

だというのに、二人は私にジト目を向けてきた。

「「今までの行い」」

「うっ……」

い、いや、それを言われると……。

「今まで、何回シャルの起こした騒動で学院に呼ばれたと思ってるんだ……」

「俺も、今までどんだけフォローしてきたと……」

「……はい。すみません。大人しくしておきます」

私はこれ以上強く言うことができなくて、大人しく座席についた。

はぁ……出発前からテンションだだ下がりだよ……。

「うわあっ!!　ヴィアちゃん見てみて！　海！　広ーい!!　雲！　おもしろーい!!」

「ああ、もう、シャル！　分かりましたから大人しく座っていなさい!!」

飛行艇の窓から見える景色が素晴らしくて、思わず隣に座っているヴィアちゃんに大声で同意を求めてしまった。

ちなみに、なぜヴィアちゃんが私の隣かというと、お兄ちゃんがラティナさんのお兄さんと隣同士に座ったから。

なんでも、ヨーデンに着いてからの予定の最終的な打ち合わせをするんだとか。

それで渋々ヴィアちゃんは私の隣に座っているのだ。

「まったく！　大人しくしているんじゃなかったんですの⁉」

「そんなこと言ったたってさ！　これは興奮するなってほうが無理でしょ！」

今まで旅行っていうとパパのゲートで一瞬だったから、こうしてのんびり乗り物に乗って移動するなんてなかったのだ。

テンション上がるって！

「凄いですよね。私もアールスハイドに来るときに乗りましたが、今まで見たことがない景色に興奮しました」

「あ、そういえばラティナさんは一回乗ってきてるんだっけ」

「ええ、こんな凄いものを作ってしまうシン様って、本当に凄いですね」

「んふふ」

パパが褒められたことが嬉しくて思わずニヤニヤしちゃう。

「おじさまが褒められたのに、なんでシャルが得意気なんですの？」

「え？　パパとかママが褒められると嬉しくない？　オーグおじさんなんて名君だってしょっちゅう褒められてるじゃん」

「そ、それはまあ、誇らしくはありますけど……」

まったく、ヴィアちゃんだってオーグおじさんが褒められたら嬉しいくせに素直じゃないんだから。

ヴィアちゃんとそんな話をしていると、後ろの座席に座っているマックスとレインが会話に加わってきた。

「ウチも、爺ちゃんが凄いのは知ってるしよく褒められるけど、あんま素直に喜べないわ。いい加減照れくさい」

まあ、マックスは男子だしね。

あんまり家族と仲良くしてるとか思われたくないのかも？

「ウチは……親父がしょっちゅう若い魔法師団員ナンパして、オカンに絞められてる。尊敬できる余地がない」

「「……」」

レインの自虐（じぎゃく）ネタに、私たちは言葉が出ない。

とはいえ、レインのお父さんであるジークおじさんは現魔法師団長で先代の軍務局長という、国でもトップの要職に就いてる人だ。

高等魔法学院生からすると、尊敬してやまない人物のはずなんだけど……。

なんせチャラいからなあ、あのおじさん。

なんであの堅物のクリスおばさんと結婚したのか不思議でならないと、あの一家を見る度にパパも首を傾げている。

あの夫婦、元はパパの兄姉代わりだったらしいから、それ繋がりなのかな？

そんな他愛もない話をしながら飛行艇は進む。

そして、もう間もなくヨーデンに到着するという時間になって、お兄ちゃんが自分の席を立って私たちの側に来た。

「皆、ちょっといいかい？」

「どうしたの？　お兄ちゃん」

「うん。ヨーデンに到着してからの君たちの予定について話しておこうと思ってね」

「予定？　今？」

「詳しいタイムスケジュールを話すわけじゃないよ。ヨーデンで君たちが何をするのかってこと」

「ああ、そういえば、具体的な話は聞いてなかった」

正直、留学という名目の旅行だと思ってた……。

「ラティナさんは、アールスハイドに来てこっちの魔法について学んだでしょ？」

「あ、はい」

お兄ちゃんに話を振られて、ラティナさんが答える。

「それと逆のことをしようと思ってね。つまり、ヨーデンでは、ヨーデン固有の魔法、変成魔法を教えてもらうことになった」

「え⁉　本当に⁉」

お兄ちゃんの発表に、一番食い付いたのはマックスだ。

「まあ、一週間ほどの短期留学だから、マスターするまでとはいかないと思うけど、基礎的なことは教えてもらえることになったから」

「マジか！　やった！」

マックスは、将来ビーン工房を継ぐことを望まれていて、本人もそれを受け入れている。

製作に携（たずさ）わる職人見習いとして、素材を自由に変化させられる変成魔法は凄く魅力的なものなんだろう。

私はまあ……基礎が覚えられたらいいかな？　くらいにしか思ってない。

だって、パパみたいに自分で魔道具を作る訳じゃないし、覚えても使い道がねえ。

そんな私の心情を読み解いたのか、お兄ちゃんは私を見て目を細めた。

「言っておくけど、今回の留学は文化交流の側面もあるからね。興味がないからって授業をおざなりにしていると、向こうの心象が悪くなる。なので、ちゃんと真面目に授業を受けるように。いいね？」

「う、はぁい……」

うへぇ、お兄ちゃんに釘を刺されちゃったよ。

今の話は、当然パパやママも聞いているので、私が不真面目な授業態度だったら全部報告されてしまう。

そうなると、ママのお説教が……。

はぁ、留学なんてただの名目だと思ってたのに、予想以上に真面目な行事になりそう。

夏季休暇中に授業を受けないといけないという事実に、私の気分はまた下がった。

そんな私の気持ちも知らず、飛行艇はいよいよヨーデンへと到着し、私たちは初めてヨーデンの地に降り立った。

……暑っつ……。

「あ、暑い……暑いよラティナさん！」

空調の利いた飛行艇から降りた瞬間、真っ先に感じたのは強い日差しと高い気温。

夏服を着ているというのに、それでも暑くて仕方がない。

思わず抗議するようにラティナさんを見ると、ラティナさんも暑そうにしていた。

「そう、ですね……久々に帰ってくると暑いですね……」

「いや！　ラティナさんも暑いんかい！」

ヨーデン出身のラティナさんが暑がっていることに、私たちは驚いた。

「あ、えっと、三ヶ月ほどここより涼しいアールスハイドで生活していましたから……身体がそちらに慣れてしまったのかもしれません」

「あ、そうなの？」

「ええ。これは、慣れるまで時間が掛かりそうですね……」

ラティナさんはそう言うと、自分のお兄さんの方を見た。

「そう、だな。慣れているはずの私たちでも、久々のこの暑さは身体に応える。なんとかしないと、皆倒れてしまうな……」

ラティナさんのお兄さんもアールスハイドの気候に慣れてしまったようで、暑そうにしながら思案顔をしていた。

そんな中、パパが飛行艇から降りてきた。

「うわ、ヨーデンってかなり蒸し暑いな」

飛行艇から降りるなりパパはそう言った。

「蒸し暑い？」

「ああ、ここの暑さって、ムワッとする暑さだろ？　アールスハイドより気温が高くて湿度も高いからかなり暑く感じるな」

「ええ？　湿度が高いだけでこんな暑いの？」

「いや、湿度の違いで同じ気温でも感じ方が違うんだぞ？　アールスハイドは湿度が低くてカラッとしているから……この気候の変化は身体にクるなあ」

パパはそう言うと、自分の異空間収納からなにやら道具を取り出して、それを首に掛けた。

「シシリー、はいこれ。こういう風に首に掛けて起動させてね」

パパは、隣で暑そうにしているママに謎の魔道具を渡す。

パパの最優先はいつだってママ。

そしてママは、パパのことを心から信頼しているので、パパから渡された魔道具がどんなものか知らなくても躊躇なく起動させる。

「こうですか？　あ、涼しい」

すると、暑そうな顔をしていたママの表情が、途端に緩む。

「え？　なにそれ⁉」

「はいはい。皆にも配るから、同じように首から掛けてね」

パパはそう言うと、皆にもママに渡したのと同じ魔道具を手渡した。

私も受け取ったのでママと同じように首に掛けて起動させると……。

「ふわぁ……涼しいぃ」

こ、これは、ママの顔が緩むのも分かる。

首に掛けた魔道具から身体全体を包むように冷気が発せられ、火照った身体が冷やされていく。

これ、最高。

ってちょっと待って。

私、今までどんなに暑くても、こんな魔道具を使わせてもらったことはない。

「パパ、ズルいよ！　こんないいもの持ってたんなら、今までも使わせてくれたらよかったのに！」

これさえあれば、夏の暑い日だって快適に過ごせていたのに。

そう思ってパパに文句を言うと、パパは苦笑を浮かべていた。

「いや、アールスハイドでは徐々に気温が高くなるから身体が慣れていくだろ？　身体が慣れてしまえば、アールスハイド程度の夏の暑さならコレは必要ない。ただ、今回は急にこの気候の土地に来たから、この暑さに身体を慣らす暇もなかっただろ？　今回はこれを使わない方が体調不良になると判断したんだ」

パパは照りつける太陽を見ながらそう言った。

確かに、空調の利いていた飛行艇からちょっと出ただけで随分グッタリしたな……。

そういえば、この国の人たちはこんな魔道具なんて使ってないし、暑さに慣れてるんだろうか？

「今日はこの魔道具を使うけど、明日以降、この魔道具は使わずに徐々に暑さに慣らしていくよ。その際、必ず水分補給をすること。いいかい？」

え？　ということは、この魔道具を使うのは今日だけってこと？

「非道いよパパ！　こんな快適な魔道具を使わせておいて今日だけなんて！」

「しょうがないだろ。明日以降、こっちの生徒さんと合流するんだ。シャルたちだけ魔道具を使って、他の人には使わせないつもりか？」

「うぐっ……」

そ、それは……。

「それに、どうしても耐えられなければ使っていい。なるべく使わないで身体を暑さに慣らしていけばいいんだよ」

パパはそう言うと、異空間収納から水筒を取り出して一口飲んだ。

ん？

「あれ？　パパの魔道具は？」

そういえば、最初ママに使い方を説明するのに首に掛けたのに、今はパパの首に魔道具がない。

「ああ、辛くなったら使うよ。今はまだ大丈夫だな」

そう言って、また一口水分を取る。

「……」

この暑さの中でも余裕そうなパパを見たあと、私はお兄ちゃんを見た。

お兄ちゃんも、首に空調の魔道具は着けていなかった。

二人を見たとき、正直、負けたと思った。

そういえば、パパは今までアルティメット・マジシャンズの依頼で世界中のあちこちに行っている。

その中には、ここ以上に過酷な環境なんかもあったんだろう。

お兄ちゃんは、先日ようやく一人で依頼をこなせるようになった。

これからそういう過酷な環境に行くことを見越して行動しているんだ。

私たちみたいに、すぐに楽な方に流されるんじゃなくて、しんどくても身体を慣らす選択をしていた。

これが、学生と現場で活動しているプロとの違いなのかな？

こんな私が、お兄ちゃんのライバルなんて名乗っていいのだろうか？

そう思った私は悔しさと、お兄ちゃんに負けたくない一心で、魔道具を切った。

「……」

暑っつ‼

これはたまらん！

私は、すぐに魔道具を起動させた。

あ、明日！　明日から頑張るよ！

魔道具を使わなくても余裕そうなパパとお兄ちゃんに妙な敗北感を覚えながらも、慣れない暑さには敵わないと自分に言い訳をし、明日から頑張る決意をするのだった。

いや、マジで暑いから！

ヨーデンに着いた翌日、私たちはヨーデンの魔法学校の制服に身を包み、ホテルの同部屋であるヴィアちゃんと見せ合いっこをしていた。

この制服を貸してくれた学校が、これから一週間留学する学校である。

ヨーデン国立魔法学校。

これが、私たちがお世話になる学校。

ヨーデン中にある魔法学校の中でも、国名を冠した最高峰の国立学校なのだそう。

アールスハイドでいう高等魔法学院みたいなもんだね。

私たちの学院の制服では、この気候は暑すぎるということで貸し出してくれたのだけど……。

いやあ、これ本当に制服？

デザインは、制服というよりワンピースみたいだし、生地（きじ）がとにかくサラサラだ。

肌ざわりがよく、通気性もいいので汗を掻いてもすぐに吸収して乾くという、まるで魔法みたいな生地で作られているのだそうだ。

動くとヒラヒラと可愛らしく翻り、まるで制服という感じがしない。

お洒落（しゃれ）なドレスでも着ている気分だ。

「この手触り、癖（くせ）になりそうですわね」

ヴィアちゃんも、真新しい制服を身に纏（まと）い、さっきから何度も制服のあちこちに触っている。

確かに、この手触りは癖になる。

「そういえば、先程この国の代表の方と会うための服も頂いたのですけど、それも同じ生地が使われていましたわね」

「そうなんだ。やっぱ、これくらい通気性がよくないと、この国では服なんて着られないのかな？」

「かもしれませんわね」

ヴィアちゃんと二人でそんな話をしていると、部屋の扉がノックされた。

「はーい」

「シャルさん、ラティナです。入ってもいいですか？」

「あ、うん。いいよ」

訪問者がラティナさんだったことから、私は部屋の鍵を開けて、ラティナさんを部屋に招き入れた。

「あ、お二人ともとてもお似合いですよ。サイズは問題なかったみたいですね。良かったです」

制服姿の私たち二人を見た途端にそう言ったラティナさんは、制服姿ではなく私服姿だった。

そりゃ、ラティナさんは元々この学校の生徒なんだから、自分の制服持ってるよね。

「すみません殿下。せっかく着ていただいた制服なのですけれど、このままヨーデン大統領のもとへ参りますので、もう一つの服に着替えていただけますか？」

「あら、もうですのね。分かりましたわ」

ヴィアちゃんはそう言うと、すぐに制服を脱いだ。

「……」

私は、制服を脱ぎ、下着姿になったヴィアちゃんをジッと見た。

「な、なんですの？」

ヴィアちゃんが不審（ふしん）な目で私を見てくるけど、私はどうしても確認しなければいけないことがあった。

「……なに食べたらそんなプロポーションになるの？」

「知りませんわよ！」

「知らない訳ないでしょ‼　ちょっとは私に寄越しなさいよ！」

「んにゃ⁉　こ、こらシャル！　胸を揉むんじゃありませんわよ！」

「揉んだらちょっとこっちに移るかと……」

「そんなこと、あるわけないでしょ‼」

ちっ！

ラティナさんといいヴィアちゃんといい、目の前で見せつけてくれるぜ。

「あ、あはは……」

「まったく……心配しなくても、シャルのお母様はシシリーおばさまでしょう？　もう少ししたら大きくなってきますわよ」

「……そう、なのかな？」

「さあ？」

「おのれ‼」

「きゃっ！　ちょっと！」

非道いことを言うヴィアちゃんに制裁を加えていたらラティナさんが大きく咳払いを

した。

「あの、シルバーさんも一緒に案内するように言われていますので、お早めにおねがいします」

「あ、ええ。分かりましたわ」

そう言っていそいそと着替えるヴィアちゃんだけど、その着替えを見ていた私はあるものを見つけた。

「あれ？　ヴィアちゃん、そんなペンダント着けてたっけ？」

「え？」

ヴィアちゃんの胸元に、今まで見たことがないペンダントが下がっていたのだ。

私に指摘されたヴィアちゃんは……今まで見たことがないくらい顔が真っ赤になった。

「あ、もしかしてお兄ちゃんからの贈り物？」

「え、いえ、違います。これは、お父様から頂いたものですわ」

「あ、そうなんだ」

ん？　だとしたら、どうしてこんなに真っ赤になっているんだろう？

「も、もうよろしいじゃありませんの。ラティナさん、シルバー様はどちらに？」

「あ、ロビーでお待ちくださるようにお願いしております」

「分かりました」

ヴィアちゃんはそう言うと、いそいそと部屋を出て行く。

「……なんでシャルも付いてきますの？」

「え？　私も、お兄ちゃんの正装姿を見ようと思って」

私が制服、ヴィアちゃんがこちらのドレスに着替えているように、アールスハイド組は皆こちらの服に着替えている。

ホテルの中も、アールスハイドみたいに空調が利いてなくて暑かったからね。

昨日は皆着やすそうな普段着だったので、お兄ちゃんの正装姿はまだ見ていないのだ。

「どれどれ、お兄ちゃんはどこに……あ！　いた……え？」

お兄ちゃんはロビーにいた。

ただし、何故か女性と一緒だった。

その女性は、ラティナさんと同じような褐色(かっしょく)の肌をしているので現地の人だろう。

これは、もしかして逆ナン⁉

これは、もしかして修羅場(しゅらば)になるのでは⁉

そう思ってヴィアちゃんを見てみると、ヴィアちゃんは顔は笑っているのに目が笑っていないという、世にも恐ろしい顔をしていた。

ラティナさんもヴィアちゃんの表情を見たのか、ピシリと固まっている。

そんな私たちをよそに、ヴィアちゃんはお兄ちゃんの側に近付いて行った。

「シルバー様」

ヴィアちゃんの声かけに、お兄ちゃんはあからさまにホッとした顔をして振り向いた。

「ああ、ヴィアちゃん。その服、凄く似合っているね。綺麗だよ」

「あら、ありがとうございます。シルバー様もお似合いですよ」

「はは、そうかな。ありがとう」

ヴィアちゃんとお兄ちゃんが、早速二人だけの世界を繰り広げていると、さっきの女性が割り込んできた。

「ちょっと！　なんなのよアンタ！　私が先にこの人と話してたのよ！」

そう叫ぶ女性は、この国特有なのか大分露出の多い服を着ている、お兄ちゃんよりも年上っぽい人だった。

目を吊り上げて叫ぶ女性に一瞥をくれたヴィアちゃんは、お兄ちゃんの腕にそっと自分の腕を絡ませた。

「あら、そうでしたの。私の婚約者の暇つぶしにお付き合いくださって感謝いたしますわ」

「ひ、暇つぶしぃ⁉」

わお、ヴィアちゃん、相変わらず辛辣だあ。

それにしても、さっきのお兄ちゃんに声をかけたヴィアちゃんと、それに応えたお兄ちゃん、明らかに他人じゃない空気感なのに、よく割り込めるな。

まあ、お兄ちゃん、この国では見ない雰囲気の超イケメンだからなあ。

あのお姉さん、お兄ちゃんに夢見ちゃったのかもしれない。

「はっ！　婚約者ぁ？」

お姉さんは、ヴィアちゃんを見ると、見下したようにそう言い放った。

……え？　ヴィアちゃんのどこに見下す要素があったんだろ？

そう思っていると、お姉さんはヴィアちゃんをこき下ろし始めた。

「ふん！　なにが婚約者よ！　青臭いガキじゃない！　ねぇえ、私の方がそこのガキより楽しませてあげられるわよ？　私に乗り換えなさいよ」

ヴィアちゃんをガキ呼ばわりしたあと、そのままお兄ちゃんに擦り寄っていくお姉さん。

うわあ、なんてガッツのあるお姉さんなんだ。

私にはあんなこと到底できない。

ヴィアちゃんはどう出るのかな？　とワクワクしていると、ヴィアちゃんがなにか言う前に、お兄ちゃんがヴィアちゃんの肩を摑んで抱き寄せた。

「申し訳ないけど、ヴィアは僕が世界で一番愛している女性なんだ。そんな彼女に暴言を吐く貴女に乗り換えるなんて……冗談でも言ってほしくありませんね」

「なっ！　な、な……」

「それに、さっきから迷惑だと言っているでしょう。いい加減しつこいですよ」

「し、しつこ……」

「これ以上付きまとわれるなら、ホテル側に言って厳重注意してもらいますが？」

うおぉ、お兄ちゃん、ハッキリ言ったな！

お兄ちゃんに抱きしめられているヴィアちゃんを見ると……。

あ！　いけない！　王女様が外でしちゃいけない顔してるぅっ‼

ヴィアちゃんがお兄ちゃんを見つめて、明らかに発情している表情をしているのだが、お兄ちゃんもお姉さんもお互いを睨(にら)んでいるので気付いていない。

　緊張感溢れる睨み合いが続いていたのだが、ようやく異常事態に気付いたホテルの従業員が慌ててやってきた。

「あ、あの！　どうされましたか、お客様！」

　ホテルの責任者と思われる人がやってきて事情を訊(たず)ねると、お兄ちゃんはようやくお姉さんから視線を切ってホテルの人を見た。

「いえ、さっきからこの女性がしつこく絡んできまして。あまつさえ私の恋人を侮辱(ぶじょく)したのもですから、つい口論になってしまって」

「なっ！」

「えっと、そうなのですか？」

ホテルの人に訊ねられたお姉さんは、顔を真っ赤にしてプルプル震えたあと、大声で叫んだ。

「ふざけるんじゃないわよ！　私にこんな恥を掻かせてただで済むと思ってるの⁉　この報いは必ず受けさせてやりますからね‼」

そう叫んだお姉さんは、お兄ちゃんやヴィアちゃんに一言も謝罪しないまま踵を返し、肩を怒らせてホテルから出て行ってしまった。

うわあ、凄いお姉さんだったな……。

それにしても、最後の捨て台詞が気になるなあ。

あの人、この国のお偉い人なんだろうか？

このヨーデン側が用意してくれたホテル、高級ホテルだし、偉い人とかその家族とかが使ってるのかも。

お姉さんが出て行ったあと、入れ違いでラティナさんのお兄さんがホテルに入ってきた。

「えっと、どうしたんですか？　今、財務大臣のお嬢さんが怒って出て行きましたけど、なにかありました？」

へえ、あの人、この国の財務大臣の娘なんだ。

　っていうか、今このホテルに外国の要人が泊まってるって聞いてなかったんだろうか？

　普通、そういう通達ってするよね？

　そういうのを忘れさせるくらい、お兄ちゃんにやられちゃったのかなあ？

　今後の展開に、さらにワクテカしていると、ヴィアちゃんがお澄まし顔で言った。

　あ、もう顔が元に戻ってる。

　王女様の威厳が損なわれなくて良かった。

「いえ、先程の女性がシルバー様にしつこく言い寄ってきましたので、ご退場願っただけですわ」

　ヴィアちゃんがそう言うと、ラティナさんのお兄さんは、顔面蒼白になった。

「なっ、なあっ⁉　あれほど、あれほど大事なお客様だと通達していたのに‼　支配人！　これはどういうことですか‼」

　支配人と呼ばれた人は、さっき駆け付けてきたホテルの責任者の人だった。

　この人、支配人だったんだ。

「も、申し訳ございません、カサール様‼　私どもも、まさか大臣のお嬢様がこの方に絡んでいくとは夢にも思わず……少し目を離した隙にこんなことに……」

「こんなことではありません‼　一体、どう責任を取るおつもりですか‼」

いや、責任って、今の一方的に悪いのはあのお姉さんじゃん。

それに、こんなのよくある騒動じゃない？

お兄ちゃんもそう思ったのか、ラティナさんのお兄さんを宥め始めた。

「まあまあ、カサールさん。この人に責任はありませんよ。むしろ、僕たちに割って入って諍いを収めようとしてくれたのですから」

「そ、そうですか……シルバー様がそうおっしゃるのでしたらこれ以上責任を追及するのは止めておきます」

「そうして下さい。それより問題は……」

「え？」

「その財務大臣の娘さん？　が、ヴィアのことを『青臭いガキ』と罵ったことですね」

お兄ちゃんのその言葉を聞いたラティナさんのお兄さんは、顔面がまたも蒼白になった。

「な、な、オクタヴィア王女殿下に、そのような暴言を……」

「愛するヴィアに対するこの暴言だけはどうしても看過できませんでした。なので少々言い返してしまったのですが……問題になりますかね？」

ああ、ヴィアちゃん！　また王女様がしちゃいけない顔してるよ！

お澄まし！　お澄まし！

しかし、お兄ちゃんの発言を聞いたラティナさんのお兄さんは、そんなヴィアちゃんの様子より発言の内容に憤りを覚えていたようで、ヴィアちゃんの蕩け顔は見えてなかったようだ。

「シルバー様になんの問題もございません！　むしろあの女……はっ！　いえ、あの財務大臣の娘の方が問題です！　彼女には厳罰を与えますので、どうかお許しくださいませ！」

「ああ、いえ。厳重注意でもしていただいて、今後僕たちに関わらなければそれでいいですよ」

「そ、そういう訳には……」

お兄ちゃんとラティナさんのお兄さんが押し問答をしていると、ロビーにパパとママが現れた。

「ん？　シルバー、カサールさん、なにをそんなに騒いでるんだ？」

押し問答をしているお兄ちゃんとラティナさんのお兄さんを見つけてパパがそう訊ねてきた。

なのでラティナさんのお兄さんが事情を説明すると、パパは小さく溜め息を吐いた。

「まさか、お前がシャルより先に騒動を起こすとはなあ」

「まあ、おじさま！　シルバー様が騒動を起こしたのではありませんわ！　巻き込まれただけです！」

お兄ちゃんを擁護しようとしたヴィアちゃんがパパに食って掛かる。

さすがに赤ちゃんのときから関わりがあるため、私がオーグおじさんに遠慮していないようにヴィアちゃんもパパやママには遠慮しない。

パパとママもそれが分かっているので、必死にお兄ちゃんを擁護するヴィアちゃんを宥めるようにパパがヴィアちゃんの頭をポンポンと撫でた。

「心配しなくても分かってるよ」

「むぅ、子供扱いして」

「はは。シルバーもヴィアちゃんも、俺らからしたら子供だよ。ずっとね」

ちょっとむくれながら抗議するヴィアちゃんをサラリと躱すパパ。

その光景は、私から見ても父と娘のように見えた。

「えっと……殿下とシン様は、随分と仲が良いのですね」

私から見てもそう見えたのだから、あまり関わりのなかったラティナさんのお兄さんからは、普通に父娘に見えたのだろう。

ラティナさんのお兄さんの言葉に、ママが答えた。

「ええ、なにしろ赤ちゃんのときから、シャルと一緒に面倒を見てきましたからね。私と主人にとって、ヴィアちゃんはもう一人の娘みたいなものです」

ニコニコしながらそう言うママに、ヴィアちゃんも嬉しそうだ。

「おばさま、私はシルバー様と婚約することになるのですから、もうすぐ本当の娘になりますわ」

「ああ、そういえばそうね」

ヴィアちゃんとママの会話についていけないのか、ラティナさんとラティナさんのお兄さんはキョトンとした顔をしていた。

「え？　婚約、ですか？　まだお付き合いを始められたばかりなんですよね？」

困惑したようにそう言うラティナさんを見て、私はようやく理解した。

ああ、そうか。

ラティナさんとお兄さんは貴族階級がないヨーデンの人間。

アールスハイドの恋愛事情なんて知らないよね。

「あのね。アールスハイドじゃ貴族や王族も自由恋愛していいんだけど、婚約しないで交際するのはさすがにナシなんだ」

「こ、交際と婚約がセットなんですか⁉」

「うん、そう。貴族や王族は家を継続させないとダメでしょ？　だから、交際は結婚前提じゃないとダメなんだ。それくらいの覚悟を見せろってことね」

「へえ、そうなんですね。国が違えばその辺の常識も違うんですねえ」

ラティナさんは、ヨーデンと違うアールスハイドの恋愛事情に感銘を受けたようだが、ラティナさんのお兄さんは少しホッとした顔をしていた。

「王女殿下に婚約者がいるとなれば、よけいなちょっかいをかけてくる輩もいなくなるでしょう。はぁ、正直、これ以上トラブルが起きなそうで安心しました」

そういうラティナさんのお兄さんに、パパが首を横に振った。

「いや、二人が婚約するのは確定だけど、まだ発表してないから公にはできないですよ？」

「そ、そうなんですか⁉」

パパの無情な宣告に、ラティナさんのお兄さんは肩を落として項垂れた。

なんか、最近ラティナさんのお兄さんのこの姿をよく見るなあ。

可哀想なラティナさんのお兄さんを眺めていると、ヴィアちゃんが「あ」となにかを思い出したように声をあげた。

「私、さきほどの女性に、シルバー様は私の婚約者だと言ってしまいましたわ」

その台詞を聞いたパパは一瞬で真顔になった。

「えっと、それって、さっき言ってたこの国の財務大臣の娘さん？」

「はい」

「に言っちゃったの？」

「はい」

ヴィアちゃんの言葉を受けたパパは、懐から無線通信機を取り出した。

「ちょっと、オーグと話してくる。少し待ってて」

パパはそう言うと、この場を離れて物陰に行った。

その背中を見送っていたママは、ヴィアちゃんの方へ視線を向けると、軽くその頭を小突いた。

「こら。ダメでしょヴィアちゃん。王女様がそんな軽率な発言をしちゃ」

「はぁい。ごめんなさい、おばさま。でも、あの女を諦めさせるにはああ言うしかなかったんですの」

いや、絶対嘘だ。

その証拠に、ヴィアちゃんが婚約者という言葉を出しても、あの人は引き下がらなかった。

なんであんなこと言ったんだろう？　と首を傾げていると、ママに怒られているにもかかわらず、ヴィアちゃんがちょっと嬉しそうな顔をしていた。

その顔を見て、私は確信した。

ヴィアちゃんはドM……じゃなくて、これは、万が一にもお兄ちゃんと婚約できなくなるとか、そいう事態を避けるための外堀埋めだな。

王族こわい、と真剣に思ったよ。

オーグおじさんに無線通信をするために席を外していたパパが帰ってくると、お兄ちゃんとヴィアちゃんに向けておじさんとの会話の内容を話し出した。

「今オーグに確認を取った。シルバーとヴィアちゃんは婚約者同士とヨーデン側に伝えていいそうだ」

パパの言葉を聞いた瞬間、ヴィアちゃんの笑顔が見たことないくらいに輝いた。

「本当なら、アールスハイドで正式に発表してからと思ってたんだけどなあ……国の重鎮(じゅうちん)の娘にそう名乗ったのなら、もうそれで通せと言われたわ」

まあ、王女様であるヴィアちゃんが婚約しないで男女交際ができるはずもないので、お兄ちゃんと交際を始めてオーグおじさんが認めた以上、婚約者同士でなんの問題もないんだけどね。

ただ、こういう発表には色々と準備がいるそうなので、まだ国内でも正式にヴィアちゃんの婚約は発表されていない。

それなのに、ヴィアちゃんが先走ってお兄ちゃんの婚約者と名乗ったから、パパは慌ててオーグおじさんに確認をしに行ったんだと思う。

パパの言葉を受けたヴィアちゃんは、嬉しそうにお兄ちゃんの腕にしがみついた。

「まあ！　良かったですわ！　これで堂々とシルバー様の婚約者を名乗れますのね！」

　そんな嬉しそうなヴィアちゃんに、パパが無慈悲な一言を零した。

「オーグから伝言。帰ったらお説教だってさ」

「……」

　その一言で、さっきまでの幸せそうな雰囲気は消滅し、まるで葬儀に参列しているかのようなどんよりとした雰囲気に変わった。

「お、お父様のお説教……でんげきびりびり……うぁぁ……」

　この世の終わりみたいな顔して落ち込むヴィアちゃんだけど、そりゃオーグおじさんの意向を無視したらそうなるでしょうよ。

「ヴィアちゃん……」

「シャル……」

「……どんまい！」

「むきーっ！」

　そんな取り留めもないやり取りをしていると、いよいよ時間になった。

「それじゃあパパたちは行ってくるけど、くれぐれもこれ以上問題を起こさないようにな」

「今回の騒動は私のせいじゃないよ！」

「分かってるよ。気を付けろって言ってんの！」

パパはそう言ったあと、馬車に向かって歩いて行った。

その背中を憮然とした表情で見送っていると、今度はママが私に近付き、私の顔をそっと両手で挟んだ。

「……もしなにかしたら……分かってますね？」

ママの手には一切力は入っていない。

それなのに、私の身体は身動きが取れなくなった。

「……お返事」

「はい!! 分かりました!! 大人しくしておきます!!」

私に許された答えは『はい』か『分かりました』しかない。

「ふふ、そう。シャルが良い子で良かったわ」

両方を組み合わせて返事をした結果、ママの御機嫌を取ることができた。

「う、うん！ 私！ 良い子!!」

「それじゃあラティナさん。シャルや皆のこと、よろしくお願いしますね」

「は、はい！ お任せ下さい！」

ママから私たちのお世話を頼まれたラティナさんは、ママから声をかけられたことが嬉しいのか、ほんのり顔を赤くさせて返事をしていた。

ラティナさんの返事を聞いたママは、ニッコリと微笑んでからパパを追いかけて馬車

に向かって行った。

パパやお兄ちゃんたちが馬車に乗りこんで出発したのを見送った私は、ようやく安堵の息を吐いた。

「はあ……ママ、ちょーこえー」

「そうですか？　シシリー様、シャルさんのこと心配しているだけな気がしますけど」

「それ、私がなにかやらかさないか心配してるだけだからね」

なにも私だって好き好んでトラブルを起こしているわけではない。

勝手にトラブルが起きるのだ。

その点、今回お兄ちゃんもトラブルに巻き込まれてたし、ウォルフォード家のトラブル体質は遺伝するのかも……。

いや、お兄ちゃんは血が繋がってないから……。

「呪いか？　コレ……」

「え？　なにか言いました？」

「ううん！　なんでもないよ」

うっかり声に出ちゃってたか。

でも、メッチャ気になるから、帰ったらひいお爺ちゃんにも聞いてみよう。

まあ、これで本当にトラブルを起こしたりしたらママにマジ切れされそうだから、大人しくしておこう。

「さてラティナさん、私たちはデビーたちの部屋にでも行く？」

「あ、はい。一緒に行きましょう！」

こうして私たちは二人連れ立ってデビーの部屋に向かった。

「あーあ、せっかく時間ができたのに観光に行けないとはなあ」

「しょうがないですよ。殿下だけ置いていく訳には行かないですから」

本来なら、この余った時間を利用して観光にでも行きたいところなんだけど、今はヴィアちゃんが不在。

ヴィアちゃんを置いて観光をするわけにはいかないと皆が反対したので、今日の私たちはホテル待機なのだ。

「それはそうだけどさあ……うう、チョコ……」

せっかくカカオの本場ヨーデンに来たのにチョコ巡りができないとは……。

私が未練がましくそう呟くと、ラティナさんが「それなら」と声をかけてきた。

「このホテルにもオリジナルのチョコがあったはずですよ。注文して皆でお部屋で食べましょうか」

「え⁉　マジ⁉　食べる食べる‼」

やった！　まさかホテルにいてチョコが食べられるとは！

私たちは部屋に戻る前にフロントに寄り、チョコのルームサービスを頼んでからデビーとレティの部屋に向かった。

「おおーいデビー！　一緒にチョコ食べようよー‼」

デビーの部屋に着いた私はテンションが高いままその扉をドンドンと叩いた。

すると中から『うわっ！』『きゃあっ！』という悲鳴が聞こえてきた。

「ちょっ！　デビー、レティ！　どうしたの‼」

『な、なんでもない！　なんでもないからちょっと待ってなさい！』

これはただごとではないと慌てて声をかけるけど、デビーからなんでもないから少し待てという言葉が返ってきた。

そして少し待っていると、こちらの普段着を来たデビーが部屋の鍵を開けて中に迎え入れてくれた。

その顔は、ちょっと怒っている。

「ど、どうしたの？　デビー」

「どうしたもこうしたもないわよ‼　急に扉をドンドン叩くから！　私もレティも驚きすぎて心臓が止まるかと思ったわよ‼」

「え、あ、ゴメン」

うーん、ホテルのオリジナルチョコのことで頭が一杯で、デビーたちを驚かしてしまうという気遣いが抜けてしまっていた。

　なので素直にデビーに謝ると、デビーは「ったく」と言いつつも、それ以上責めてくることはなかった。

「それで？　アンタはなんでそんなテンションが高いのよ？」

「あ！　そうそう聞いてデビー！　さっきラティナさんに聞いたんだけど、このホテルにオリジナルのチョコがあるんだって！　さっきフロントで注文してきたから皆で食べようよ！」

「あ、そうなの？　皆って、男子も？」

「うん。ハリー君とデビット君は知らないけど、マックスは甘いもの好きだからきっと喜ぶよ」

「へえ、さすが幼馴染み。良く知ってるわね」

「そりゃあね。伊達に生まれたときからの知り合いじゃないよ」

　デビーの言葉に私が何気なく答えると、アリーシャちゃんが会話に加わってきた。

「マックス君だけでなく、レインも甘いものが好きですわよ？　ちゃんとレインも呼んであげてくださいな」

　そんなことを言ってくるアリーシャちゃんに、つい顔がニンマリしちゃう。

「心配しなくてもちゃんと呼ぶって。私がレインを仲間外れにするはずないじゃん」

「それならいいのですけど。レインもヨーデンのチョコレート菓子には興味があると言っていたので喜ぶと思いますわ」

ますますニンマリしちゃう。

そんな私の顔を見て、アリーシャちゃんは「しまった」という顔をするが、こんな面白いこと、見逃すはずがないじゃあないか。

「へえ、レイン、アリーシャちゃんと二人きりだとそんなことも話すんだ」

私はニヤニヤしながらそう言うと、アリーシャちゃんは一瞬俯いて顔を赤くしたが、すぐに頭を上げた。

その顔は、覚悟を決めた顔だった。

「ええ。普段はボンヤリしているレインですけれど、私と二人きりのときは色々とお話をしてくれますのよ。先程も言いましたが、ヨーデンのチョコレート菓子に興味があるとか、ニンジャ研究会を作るにはどうしたらいいのか、とか」

「……ええ」

「……まだ諦めてなかったのか」

なんてこった、このままだとレインのしょうもない企みに巻き込まれるかも。

「え？　ちょ、ちょっと待って？　え？」

私とアリーシャちゃんが話していると、デビーがなにかに気付き、混乱したように話しかけてきた。

「も、もしかして。もしかしてだけど……アリー」

「はい？」

「……レイン君と付き合ってる？」

デビーの質問に、アリーシャちゃんはキョトンとした顔をしたあと「あ」と小さく声を漏らした。

「そういえば、言っていませんでしたわ」

「私たちの間じゃ当たり前のことだったもんねぇ」

アリーシャちゃんと私がそう言うと、三人は目を見開いて「「「ええっー⁉」」」と叫んだ。

「う、うそ⁉　マジで⁉」

「いつから⁉　いつからなんですか⁉」

「あ、でも、そう言われてみれば、確かに。教室でもアリーシャさんレイン君のお世話をよくしていましたね」

デビーは心底驚いたという顔で驚き、レティは二人の馴れ初めに興味津々で詰め寄ってきて、ラティナさんは記憶を掘り起こして納得するような表情を浮かべていた。

「アリーちゃん！　いつから⁉　いつからなんですか⁉」

「ちょ、ちょっとレティ！　近い！　近いから!!」

興奮気味に詰め寄ってくるレティに、アリーシャちゃんはいつものお嬢様言葉も忘れて叫んだ。

するとそのとき、開けっ放しになっていた扉を『コンコン』とノックする音が聞こえた。

「おーい、なに暴れてんの？」

そう声をかけてきたのはマックスで、その後ろには眠そうな顔をしたレインと、ちょっと遠慮がちな表情をしたハリー君とデビット君がいた。

「ああ、いや。ちょっとレティが興奮しちゃって」

「マーガレットさんが？　珍しいな」

「いえ、その……ちょっと驚いたもので……」

マックスがそう言ってレティを見ると、レティは恥ずかしそうに身を縮こませた。

「驚いた？　なにに？」

「えっと、その……」

レティは赤い顔をしてチラチラと私を見てくる。

自分の口で言うのは恥ずかしいのかな。

「レインとアリーシャちゃんが付き合ってるってこと。今初めて知ったみたい」

私がそう言うと、マックスは「え？」という顔をした。

「あれ？　知らなかった？」

「聞いてません！　今初めて聞いたんです！　それで驚いてしまって……」

レティの言葉にデビーも「うんうん」と頷いている。

ハリー君とデビット君も驚いた顔をしていた。

そんなに分かりにくかったかな？

マックスも、ハリー君とデビット君が気付いていなかったのが不思議みたいで首を傾げていた。

「え、気付かなかった？　アリーシャちゃん、結構教室とかでもレインの世話を焼いていたと思うけど」

マックスの問いかけに、ハリー君とデビット君はブンブンと首を横に振った。

「だって、レインだぞ？」

「そうそう、いつも眠そうで、不思議発言を繰り返すレインに彼女がいるなんて、想像もしたことなかった」

その言葉で私とマックスは「ああ」と納得してしまった。

皆は、まさかレインに彼女がいるなんて思いもしなかったから、アリーシャちゃんの態度をスルーしてしまったのだろう。

「まあ、レインとアリーシャちゃんは付き合って長いからな。態度も自然体だし気付かないのも無理ないか？」

「ああ、確かにそうかも」

マックスの発言に私が同意したところで、レティの目が再び輝いた。

「え、え、いつから？　お二人はいつからお付き合いされてるんですか⁉」

「だから近い！　ええっと、正式にお付き合いを始めたのは中等学院に入ってからですわ。それまでも仲の良いお友達ではありましたけど」

そう、二人が付き合い出したのは中等学院生になってから。

なので、今の時点で付き合って三年ほど経っている。

でも、二人がお互いを好きになったのは、初等学院一年生の初対面の時だったそうで、お互い一目惚れ（ひとめぼ）だったとか。

それから考えるともう十年近く経ってる。

そりゃ自然体にもなろうというものだ。

アリーシャちゃんの発言に、レティとデビーは「そうなんだ」とキャッキャしていたが、ハリー君とデビット君は驚きが隠せない様子だった。

「まさか……レインがそんな恋愛強者だったとは……」

「レインに先を越されてるとは思いもしなかった……」

と、二人ともなんだか落ち込んでいる様子。

なんで？

「レインはパッと見、恋愛事に興味があるようには見えないからな。そんな奴が自分より先に彼女を作っててショック受けてんだよ」

私が不思議に思っていると、マックスが説明してくれた。

男子って……。

アホな理由で落ち込んでいる二人に呆れた視線を向けていると、ラティナさんが「あっ」と声をあげた。

「どうしたの？」

「アリーシャさんとレイン君ってお付き合いされてるんですよね？」

「え？　ええ、そうですわ」

「えっと、それで、アリーシャさんは貴族の御令嬢ですよね？」

「ですわよ」

「じゃ、じゃあ……」

ラティナさんはそこで息を呑み、恐る恐るといった感じで訊ねた。

「アリーシャさんとレイン君って、こ、婚約されてる……んでしょうか？」

「「!!」」

ラティナさんの質問に、ハリー君とデビット君はハッとした顔をしてアリーシャちゃんを見た。

「ええ。もちろんしてますわよ」

「わあっ！　やっぱり！」

ラティナさん、さっき貴族の子息令嬢が婚約なしで付き合うことはないって話を聞いたばっかりだもんね。

予想が当たって嬉しいのか、クラスメイトに婚約している人がいて興味があるのか、満面の笑みを浮かべていた。

そのことを知っていた私とマックスは特になにも思わなかったけど、ハリー君とデビット君はよほどショックだったのか、真っ白になってなにも言葉を発しなくなってしまった。

その状態はその後も続き、せっかくルームサービスでチョコが届いても、放心状態のまま無言で食べていた。

メッチャ美味しかったのに、勿体ないなあ。

◆

シャルロットたちがホテルでオリジナルチョコに舌鼓を打っているころ、シンたちはヨーデン大統領府にある会議室で、大統領たちからの謝罪を受けていた。

シンたちが会議室に入るなり『申し訳ございませんでした！』と、大きな声と共に大の大人たちが揃って頭を下げてきたのである。

ヨーデン大統領は五十歳前後の男性で、シンたちよりも随分年長なのだが、そんな彼は身体を九十度以上曲げ、最早立位体前屈と変わらないくらい頭を下げていた。

大統領の後ろに並んでいる各省庁の大臣も、同じような姿勢で頭を下げている。

そして、その身体は小刻みに震えている。

大臣にまで昇り詰め、皆から傅かれる立場にいる者が、頭を下げさせられていることに対する屈辱から震えている……訳ではない。

そもそも、ヨーデンとアールスハイドの交流が始まったのは、アールスハイドがヨーデンを見つけたから。

そんな技術はヨーデンにはない。

その時点で技術格差が大きいことが知れるのに、実際に交流してみると、使節団から舞い込んでくる報告は、夢物語かと錯覚してしまうようなものばかり。

特に軍事面においては、どう足掻いても埋められない差があるので、敵対は絶対にしないでほしいという懇願までされていた。

そんな、絶対に敵対してはならない国の、よりにもよって王族を害そうとした輩が出た。

その報告を受けた際、ヨーデン大統領は少しの間気絶してしまったという。

襲撃犯はアールスハイドによって捕らえられたため、襲撃犯の実態やその目的や黒幕などは分からずじまいになると思われていたが、アールスハイド側は襲撃犯から襲撃の動機、襲撃犯の素性、黒幕まで全て聞き出した。

襲撃の黒幕は、ヨーデン国内でも過激派で知られる政治家。

使節団からの報告で、ヨーデンの救世主と同じ特徴を持つ両親から生まれたシルベスタを国内に取り込めば権威と発言力が増すだろうという、身勝手で私欲に塗れた動機。

その政治家から依頼を受けたのは、ヨーデン国内でも動向がマークされている反社会勢力。

裏社会の住民が、逮捕され尋問の結果、情報を全て吐き出すなど、アールスハイドはどれほど苛烈な拷問をしたのかと、報告を受けた政府上層部は背筋が寒くなった。

そんなアールスハイドでも、絶対に敵対してはならないと報告を受けていた人物。

それが、今回の襲撃の目標であるシルベスタの養父、シン＝ウォルフォード。

使節団からの報告によれば、国一つくらいなら、簡単に制圧できてしまうほどの実力者とのこと。

そんな人物の息子を狙い、知らなかったとはいえ王族にまで手を出した。

もしかしたら、今日でヨーデンの歴史が終わるかもしれない。

そんな悲愴（ひそう）な思いが、大統領たちの頭を深く深く下げさせたのだった。

初手でそのような対応をされたシンたちだが、お人好しな物語の主人公のように「頭を上げてください」などとは言わない。

襲撃から既に日数が経過していたこともあり、当初感じていた怒りなどは既に薄れてしまっているのだが、これは国と国の問題。

しかも、今回は完全にヨーデン側に非がある。

簡単に許してしまうことはできなかった。

しばらく、頭を下げるヨーデン首脳部と、それを冷ややかに見つめるシンたちという構造が出来上がっていたが、かなり長い時間が経ってからシンはヨーデン大統領たちに向かって口を開いた。

「今回の件、襲撃犯から全て聴取（ちょうしゅ）し報告しましたが、襲撃犯の所属していた組織、及び黒幕の処理はどうなっていますか？」

シンの口から出たのは謝罪を受け入れる言葉ではなく、今回の事件の後始末についての確認。

アールスハイドとしては、今回の件は決して曖昧（あいまい）に処理するつもりはないという意思表示でもある。

その言葉を受けた大統領は、流れる汗もそのままに、頭を下げたまま答えた。

「は、はい！　貴国からかなり詳細な情報を頂きましたので、襲撃犯の所属していた組織は一斉検挙、それら全てを指示していた者も既に捕らえてあります！」

大統領の報告を受けたシンは、少しの間沈黙した後、小さく息を吐いた。

「……分かりました。信じましょう。アールスハイドはヨーデンの謝罪を受け入れます。頭を上げてください」

シンのその言葉に、ヨーデン政府首脳陣はホッと息を吐きながら頭を上げた。

だが、そのホッとした顔は、次のシンの言葉で凍りついた。

「ただ、謝罪を受け入れるのと国家間の関係はイコールではありません。現状、ヨーデンはアールスハイドにとても大きな負債がある状態であると認識しておいてください」

謝罪は受け入れたが許した訳じゃない。

そうハッキリと言われてしまい、大統領たちはこれまで順調だった外交を台無しにしてくれた過激派議員に対して、心底恨みの思いを抱いた。

「さて、我が国との交易に関しては専門の者と協議してください。今日、我々が来たのはその交渉のためじゃない」

シンはそう言うと、大統領を初めとしたヨーデン首脳陣たちを見回した。

「とりあえず座りませんか？　立ったままするような話ではないので」

その言葉で、ようやく会議室にいる面々が席についた。

そして、全員が揃った時点で、今回の事件の元になった救世主と魔人の共通点、その結果、救世主は魔人であろうということ、まず、そこまで話した。

すると、ヨーデン首脳陣はお伽噺は現実の話だったのだと色めき立った。

しかし、その後に続くシンの話で、その顔はどんどん曇っていく。

曰く、魔人は簡単に言えば人間の魔物化ということ。

魔人化の条件として、非常に強い恨みや憎しみを持っていることがあるため破壊衝動が強く、とても危険な存在であること。

魔人の特徴は、遺伝しないこと。

よって、シルベスタをヨーデンに招いたところで、ヨーデン側にメリットなどなにもないこと。

なにより、シルベスタは隣にいるアールスハイド王国王女、オクタヴィアと婚約したので国外には出せないことを説明した。

その説明を受けたヨーデン首脳陣は、にわかには信じられなかった。

「それは、本当のことでしょうか……ああ、いや！　使者殿の言葉を疑っている訳ではなく！　人間は、その、魔物化しない生物だと言われていますので……」

大統領が疑念を漏らすとシンの目が少し細められたので、シンの機嫌を損ねてしまったと思い、慌てて修正をした。

　シンとしては、特に不機嫌になっていた訳ではなく、やっぱり信じられないよな、とか思っていただけなのだが。

　だが、実際に魔人を自分の目で見たことがない者からすれば、シンの話はすぐには受け入れられない。

　なのでシンは、十八年前にアールスハイドのある大陸……今後、北大陸と呼ぶが、北大陸で起こった魔人王戦役について詳しく話した。

　魔人たちによって引き起こされた、人としてはあまりにも無慈悲な行動の数々に、ヨーデン首脳陣の顔色がどんどん悪くなる。

「人間は……というより、その他にも魔物化はしないと思われている生物がいるでしょう？」

「はい。特に、大型の生物は魔物化しないと言われていますね」

「ええ、アールスハイドでもそのように言われておりました。しかし、実際は……まあ、外法の類いですが大型の生物まで魔物化しました。私は、実際にそれを目にしております」

　シンがそう言うと、首脳陣たちがざわめいた。

「そ、それは……ということは、全ての生物は魔物化する恐れがあると……!?」

「そういうことです。というか、あなた方も既に知っているのでは？」

シンの問いかけに首脳陣たちは一瞬首を傾げるが、すぐに思い出した。

「竜……」

「そうです。竜の魔物化はここヨーデンでも起きた事実です。お伽話ではありません。北大陸の東方には竜の大生息地があり、そこでは竜の魔物化は頻繁に起こっています」

「なんと……」

過去に一度起きた竜の魔物化。

それだけでヨーデンが一度滅びかけたというのに、それが頻繁に起こる地域。

そんな大陸の人間と敵対しようとしたなど、首脳陣は今回の過激派たちの軽挙に怒りを再燃させた。

「さて、ここで話を戻しますが、今回シルバーをヨーデンに招致しようとした目的は、救世主と同じ人種ならヨーデン国民が抱える攻撃魔法への忌避感を排除できるのではないか？　という考えでしたね」

「……はい」

そこでシンは腕を組んで首を傾げた。

「そこが分からないのです。あなた方も魔力制御はできますよね？　使節団の方の魔力制御を見せていただきましたが、精密でとても素晴らしいものでした。足りないのは魔力量だけで、それだけなら多少の反対はあってもいずれ復活させることができるのではないですか？」

自分たちでできることを、シルベスタを利用して手っ取り早く行おうとしているのではないか？

そう思ったシンだが、ヨーデン側の反応は、意外にも暗く重いものだった。

「はい……今考えると、私どもの短慮でしかなかったと思うのですが……しかし、攻撃魔法の復活は急務なのです」

「どういうことですか？」

シンは、今初めてヨーデンが攻撃魔法の復活を急いでいることを知った。

大統領は少し逡巡して首脳陣たちと目配せをし、互いに頷き合った後その口を開いた。

「実は……近年、竜の大繁殖が確認されまして……このままでは国民への被害が出そうなのです。当然、我が国の兵士たちとて黙っている訳ではありません。増えすぎた竜は少しずつ討伐しているのですが……」

「増える数に、討伐が追いついていない……と？」

「……仰る通りです」

大統領はそう言うと、ガックリと肩を落とした。

竜は、かつてシンも戦ったことがある生物だが、一般人からしたら相当恐ろしい生物である。

ヨーデンは身体強化と変成魔法を駆使することで竜の討伐を行っているのだろうが、その方法だと討伐はできても時間がかかる。

そして、一体討伐しているうちに、二体三体と数が増えていく。

このままでは討伐が間に合わず、竜が溢れ返るのも時間の問題。

どうしても、大規模殲滅ができる攻撃魔法の習得が急務だった。

「しかし、私たちも含めてなのですが……どうしても攻撃魔法に関する忌避感が拭えません。我らヨーデンの民は、幼い頃から攻撃魔法の危険性……と言うよりは、攻撃魔法を使うために魔力量を増やした結果、暴走させることがどれだけ悪かということを言い聞かせられて育ちます。我らとて、何度も攻撃魔法を習得しようと試みたのです。しかし……」

「……魔法は心に反応する。根底に拒絶心があると、どうしても魔力制御が上手くいかない」

「仰る通りです」

大統領は、シンの推測が正しいことをすぐさま肯定した。

「シルベスタ様が救世主に連なる者としてヨーデンにて攻撃魔法を披露してくだされば、我々の攻撃魔法に関する忌避感も薄れるかと思ったのです」

「なるほどなあ」

ここに来て、ようやくシンはヨーデン側の真意を知ることができた。

「それにしても……なぜ我らの先祖はこんなことを流布し始めたのか……伝承では、我らの祖先は大規模な戦争から逃げてきた民だと言われています。全てを破壊する様に恐怖を抱いたのかもしれませんが、それで自分たちの身を危険に晒していれば世話がありませんよ」

大統領の自虐とも取れる発言に、シンは苦笑を浮かべたが、先ほどの大統領の発言から、シンの中にあった推測が確信に変わった

「もしかしたら、攻撃魔法……というより魔力を暴走させることを恐れるようになったのは、その救世主のことがあったからなのかもしれませんね」

シンのその発言に、ヨーデンの首脳陣たちは首を傾げた。

「どういうことですか？」

シンは、リッテンハイムリゾートにてラティナの兄たちとの間で交わした推測を話した。

攻撃魔法が危ないから禁止したのではなく、魔力量を増やした結果、暴走して魔人化

するのを防ぐために禁止したのではないか？　と。

それを聞いた大統領は、ガックリと肩を落とした。

「は、はは……結局……我々は、竜によって攻撃魔法を封じられ、また竜によって滅びるというのか……」

その悲愴な様子に、シンはここに来たもう一つの目的を大統領に告げた。

「そのことなのですが、よければ私が皆さんに攻撃魔法をお教えしましょうか？」

使節団からの報告で、歴史上最高の魔法使いと言われるシン＝ウォルフォード。

その人物が自分たちに魔法を教えてくれるという。

その言葉に、首脳陣たちは少しの期待と、大きな不安を抱きながらシンを見つめるのであった。

そんな視線を受けながら、シンは異空間収納から魔力制御の腕輪を取り出した。

シンが何気なく使った異空間収納魔法にざわめく首脳陣だが、それを無視してシンは話を続ける。

「これは、私たちが人の魔人化対策のために作った魔道具です。表向きは、魔力量の増加訓練の際にどうしてもついてまわる魔力暴走のリスクを回避するための道具となっています」

「魔力暴走のリスク回避？」

「ええ。魔力暴走とは、自分の魔力制御量の限界を超えてしまった場合に、集めた魔力が暴走してしまう事故のこと。この魔道具は、そうなる寸前に魔力を霧散させ、暴走させないようにすることができます」

「‼　そ、そんなことが⁉」

「ええ、できます。そして、その結果得られるのが、魔力暴走によって起こる魔人化の抑止です。まあ、表向きは魔力暴走の事故をなくすためになっていますがね」

シンはそう言うと、今持っている魔力制御の腕輪を大統領に手渡した。

大統領はそれを恐る恐る両手で持ち、色んな角度から眺めている。

まあ、それで何が分かる訳ではないのだが。

そんな大統領たちを前に、これまで空気だったシルベスタとオクタヴィアが自分たちの腕にも装着されているその魔道具を見せながら口を開いた。

「その魔道具のお陰で、私たちは幼少の頃より魔法の訓練を受けることができるようになりました」

「この腕輪が発明されてから、子供による魔力暴走の事故はゼロになったと聞いています。私にとっては、生まれた頃からある魔道具ですので、過去に子供により魔力暴走事故があったことの方が驚きですわ」

二人の発言を聞いて、首脳陣はますます腕輪に興味津々になっていく。

そんな首脳陣に向けて、オクタヴィアがそういえばとヨーデン人であるラティナのことを話題に出した。

「ヨーデンからの留学生は、この腕輪を装着して私たちと同じ訓練をすることで、先ほど皆様が驚かれていた異空間収納の魔法も会得しましたのよ？」

既に自分たちの同胞がこの腕輪の恩恵を受けている。

使節団の中でも留学生には別段毎日の報告義務はなく、帰国してからまとめて報告を受ける予定だったので、その事実を知らなかった。

しかし、首脳陣たちは知ってしまった。

この魔道具に危険性はない。むしろ、危険を回避して自分たちの望みを叶えてくれる夢の魔道具のように見えた。

最早首脳陣たちの考えは、この魔道具を使用したシンによる魔法訓練を受ける方向で固まってきていたのだが、その決定を後押しするようにシシリーが情報を追加した。

「私はシン＝ウォルフォードの妻、シシリー＝ウォルフォードです。その留学生の子なのですが、今は私のもとで治癒魔法を学んでおります。皆様におかれましては、攻撃魔法だけでなく治癒魔法の流布にも協力していただきたいと思っております」

ヨーデンではとっくの昔に失伝してしまった伝説の魔法、治癒魔法。

それが復活するかもしれない。

攻撃魔法と治癒魔法。

それらをヨーデンに流布させてくれると言うシンとシシリーの夫婦に、ヨーデンの首脳陣が取れる態度は一つだけだった。

『よろしくお願いいたします』

示し合わせた訳ではないのに、全員が立ち上がり、同じタイミングで頭を下げ、同じ言葉を口にした。

その光景を見て、シンはこの会談の成功を確信した。

◆

「ただいま」

ヨーデンとの会談に出向いていたパパたちが帰ってきた。

今日のパパたちの会談相手はヨーデン大統領。

国のトップとの会談を終えてきたにもかかわらず、パパはちょっと近所に買い物に行ってきたよ、みたいな態度だった。

「おかえりパパ。どうだった？」

「ん？　まあ、こちらの要望は聞いてもらえたよ。今後、シルバーをヨーデンに招致するような動きはなくなると思う」

　パパのその言葉に、笑みを浮かべてヴィアちゃんを見た。

　お兄ちゃんにまつわる面倒な話がなくなって、さぞ喜んでいるのかと思いきや、ヴィアちゃんはなんか微妙そうな顔をしていた。

「どしたの？　ヴィアちゃん」

「いえ、シルバー様の身の安全を確保できたのはよろしいのですが……」

　ヴィアちゃんはそう言うと、小さく溜め息を漏らした。

「会談の場では、ほぼシンおじさまの独壇場でして。王女である私の出る幕が全くなかったのですわ」

　そう言ってちょっと拗ねるヴィアちゃん。

　そんなヴィアちゃんの頭を慰めるように撫でるお兄ちゃん。

「まあまあ、父さんだからしょうがないよ」

「……それは、まあ、そうなのですけど」

　……それでいいのか？　パパだからしょうがないで済ませていいのか？

　でも、私もそう言われたら納得しちゃうかも。

「それで、父さんの説明で僕のヨーデン行きは正式に却下。ただ、ヨーデン側にも事情があって、父さんがヨーデンに攻撃魔法を教えることが決まったんだ」

「そっか。予定通りだね」

「あと、おばさまが治癒魔法を教えることと、病院巡りをすることも承認されましたわ」

ヴィアちゃんの言葉に、一番に反応したのはラティナさんだ。

「そ、それって！　私やレティさんも同行することができるのでしょうか⁉」

ママが病院巡りをするということは、ママの治癒魔法を直接その目で見られるということ。

アールスハイドにいるときは、ママが治療院で治療をしているところを見ることはできない。

なぜなら、ママの治療院での治療はアルティメット・マジシャンズのお仕事。

なので、レティやラティナさんは治療院には入れないのだ。

せっかくのママの治療が見られるこの機会、ラティナさんからすれば、是非とも同行して見学したいところだろう。

今まで見たことがないくらいにテンションの上がっているラティナさんがヴィアちゃんに詰め寄っていた。

「さ、さあ？」

戸惑うヴィアちゃんを助けるように、いつの間にかママが私たちの側に立っていた。

「それは構わないのだけど、もしそうするなら、あなたたちはこちらでの授業が受けられなくなりますよ？」

ママのその言葉を聞いて、レティは「あっ」と声をあげた。

「そうだった……留学のレポートがいるんでした……」

目に見えて落ち込むレティの横で、ラティナさんも落ち込んでいた。

「私も……皆さんの案内係なので、放っておくわけにはいきません……」

せっかくママの治癒魔法が見られると思っていたのに、留学に来たという立場と案内係という立場がそれを阻んだ。

でも、ママの治癒魔法も見てみたい。

その間で葛藤する二人を見ているママの側に、いつの間にか側に寄ってきていたパパが話しかけた。

「じゃあ、シシリーには午前中俺の魔法指導のアシスタントをしてもらおうかな。それで午後からは皆で揃って病院巡りをする、ってことでどう？」

パパのその提案に、ママは少し考えた後頷いた。

一連の流れを見ていたレティとラティナさんは、手を取り合って喜んでいた。

「やった！　やったよラティナさん！」

「やりましたね！　マーガレットさん！」

嬉しそうにぴょんぴょん跳ねている二人を微笑ましいものを見る目で見ていたママが、

そっとパパに寄り添った。

「その申し出はありがたいのですけど、シン君は大変じゃありませんか？」

ママがそう訊ねると。パパは頬をかきながら苦笑した。

「いや……これは、あの二人のため、というより俺のためなんだ」

「シン君の？」

「ああ、この国の人間は俺やシシリーのことを知らない。どこに不埒な考えを持った輩が潜んでいるかわからない。もし万が一のことがあったらと思うと……俺が我慢できないんだ」

ああ、自分のためってそういうこと。

パパは、ママが心配でしょうがないんだね。

二人ともアールスハイドの重要人物だから、当然のように護衛はいるんだけど、それでも心配なんだ。

ママは、そんなパパの言葉に一瞬目を見開いたけど、すぐに嬉しそうな顔になってパパの腕にしがみついた。

「……ありがとうございます。いつでも私を守ってくれる、あなたのことが大好きです」

「俺もだよ、シシリー」

「シン君……」

「シシリー……」

そして、二人の顔が近付いていって……って!!

「オッホン！」

私の渾身の咳払いが間に合い、二人の顔がくっつく直前で止まった。

「二人とも……皆、見てるよ」

「ん？　ありゃ」

「あら」

パパとママは、食い入るように見つめていた皆を見て苦笑しつつ、密着させていた身体を離した。

「こりゃ、恥ずかしいところを見られちゃったな」

「ふふ、ごめんなさいね」

パパもママも、皆に見られていたというのに恥ずかしがる素振りも見せない。

むしろ皆の方が赤くなったり恥ずかしそうにしていたりする。

私も、別の意味で恥ずかしいよ。

そんな中、私はラティナさんの様子が気になった。

私とお兄ちゃんを除く皆が恥ずかしそうにしながら見ていたのに対し、ラティナさんだけは羨ましそうで、切なそうな顔で見ていたからだ。

「ラティナさん？」

「はい？　どうかしましたか？」

私に声をかけられたラティナさんは普通の顔を取り繕って返事をした。

「……ラティナさんは、ああいうの羨ましい？」

私がそう訊ねると、ラティナさんはまた切なそうな顔をした。

「そう、ですね。正直あんなに旦那様に愛されているシシリー様が羨ましいと思います。私にも、いつかあんな風に愛してくれる恋人や旦那さんが現れるのかと考えることもありますので」

「ええ？　ラティナさんなら選り取り見取りじゃないの？　っていうか、ヨーデンに恋人とかいなかったの？」

「いえ、残念ながら、今まで恋人がいたことはありませんね」

『え？　そうなの？』

ラティナさんの言葉に、皆が同じ反応をした。

え？　嘘でしょ？

ラティナさんって、女の私から見ても魅力溢れる女性だよ？

それなのに恋人ができたことがないなんて、あり得る？

「ヨーデンの男どもは見る目がないんじゃないの？」

私がヨーデンの男たちの見る目のなさを嘆いていると、ヴィアちゃんが顎に手を当て真剣な顔で考察を始めた。

「ラティナさんは、美人ですし、留学生に選ばれるくらい優秀です。お兄様も使節団に選ばれるほどですし、もしかして高嶺の花だったのでは？」

「「ああ」」

なるほど、それは説得力がある。

恐れ多くて近付けなかったパターンね。

「じゃあ、ラティナさんには、今まで好きになった人とかいないの？」

男性からのアプローチがなかったとして、逆にラティナさんが気になった男性はいなかったのかと、何気なくデビーが聞いたときだった。

「えっと……今はいませんね」

そう言う前のラティナさんの顔が、一瞬泣きそうに見えた。

「え……」

どうしたんだろうと声をかけようとするが、それはパパによって遮られた。

「ああ、そうだ。この後、俺たちの歓迎パーティーを開いてくれるそうだから、皆準備しておいてな」

パパがそう言った瞬間、ママとヴィアちゃんを除く女性陣から悲鳴が上がった。

「ちょっとパパ!!　そういうことはもっと早く言ってよ!!」

「そうですわシン様！　女性には色々と準備がありますのよ！」

もうすでに準備万端なママやヴィアちゃんはともかく、私たちはなんの準備もしていないのだ！

私とアリーシャちゃんは、パパに文句を言いつつもこちらの正装に着替えるためラティナさんの意見を求めた。

「ラティナさん！　悪いけど、アドバイスお願い！」

「あ、はい！　わかりました！」

結局、ラティナさんもドタバタに巻き込まれてしまい、さっきの表情について聞くことはできなかった。

私も、急に降って湧いた混乱で、そのことをすっかり忘れてしまっていた。


慌ただしくパーティーの準備を終えた私たちは、ホテルから送迎の馬車に乗って会場に向かっていた。

「そういえば、馬車なんて久しぶりに乗ったね」

アールスハイドでは……というか北大陸（今後アールスハイドがある大陸を北大陸、ヨーデンがある大陸を南大陸と呼ぶそうだ）では、もう馬車はあまり走っていない。

ほとんどが魔道車に置き換わり、馬車は観光用などで少し残っている程度。

ずっと王都で生活している私は王都観光なんてしないので、まだ魔道車が一般的でなかった初等学院以来、馬車には乗っていない。

昔はこれが普通だったんだなあと、そんなことを思いながら車に比べてゆっくり進む馬車の窓から外を見ていた。

「私はそんなにヨーデンを離れていないつもりでしたが……少しの間に魔道車に慣れてしまったようです。随分ゆっくりに感じますね」

同じ馬車に同乗していたラティナさんも、私と同じ感想を持っていた。

そんな会話をしながら馬車の外を見ていたのだけど、私はあることに気が付いた。

「ねえ、パパ」

「うん?」

「ヨーデンって、なんか暗くない?」

私がそう言うと、パパはニヤッと口角を上げた。

「へえ、気付いたか」

ニヤニヤしながらそう言うのがムカついたので、隣に座っているパパの足を踏んでおいた。

「痛っ!」

「そんくらい気付くわよ！　パパの意地悪！」

そう言って「フン」とそっぽを向くと、パパが私を宥めるように頭を撫でてきた。

ふ、ふん。そんなことで誤魔化されないんだからね！

「街灯の種類と数が違うから、しょうがないのさ」

パパは、撫でていた私の頭から手を離すと、そう言って解説を始めた。

あれ？　もう終わり？

「街灯？」

「ああ。ここの街灯は、お店なんかの軒先にあるランプだけだろう？」

「うん」

「でも、アールスハイドじゃあ道路沿いに等間隔で魔道ランプが設置されてるだろ」

パパにそう言われて王都の街並みを思い出す。

「そういえばそうだね」

「ここの灯りは、多分オイルランプじゃないかな？」

「はい。そうです」

パパの質問に、ラティナさんが答える。

「だろ？　それがお店の数しか設置されてない。けど、魔道ランプはオイルランプより光が強い。それに、道路沿いに等間隔に設置されているから数も多い。だから、アールスハイドの方が明るく感じるのさ」

「あ、そういうことか」

「実際、アールスハイドでも、魔道ランプを消せばこれくらいの暗さだぞ」

「「へえ」」

パパの説明に、私だけじゃなくラティナさんも同じように感心していた。

「シャルさんの何気ない質問にこんなに的確に返事ができるなんて、シン様は凄いですね」

ラティナさんからの称賛に、パパとママは顔を見合わせて苦笑した。

「いや、俺たちが高等学院生だった頃は王都もこんな感じだったからさ。魔石が格安で流通するようになって魔道ランプが王都中に設置されたとき、その明るさに皆感動した覚えがあるんだよ」

ああ、パパの実体験だったか。

「そうなんですね。それでは、アールスハイドから魔石や魔道具などの技術を取り入れられれば、この街ももっと明るくなるのですね」

もう一人の同乗者、ラティナさんのお兄さんが、今後アールスハイドとの交易で齎されるであろう未来に思いを馳せ……その後肩を落とした。

まあ、本当だったら、もっと対等な立場で交易できてただろうしねえ。

今は落ち込んでいるけど、内心は襲撃者たちに対して怒り心頭だろうな。

ちょっと微妙な空気になってしまったので、雰囲気を変えるためにラティナさんのお兄さんに今日のパーティーについて聞いてみることにした。

「今日のパーティーって、どんな人が集まるんですか？」

ヨーデン政府が催してくれる歓迎パーティー。

これだけ聞くと、国のお偉いさんばっかりなんだろうか？

そうなると嫌だなあ。

国の偉い人ってことは、年上のおじさんとかおばさんばっかりでしょ？

そういう集まりって退屈なんだよなあ。

そんな心配をしていると、ラティナさんのお兄さんから嬉しい情報が出てきた。

「ああ、政府のお偉いさんも来るけど、せっかく君たちが参加するんだ、魔法学校の生徒たちにも召集をかけたから、一緒に顔合わせもできるよ」

「あ、そうなんですね。良かったです」

どうやら、私たちがお世話になる魔法学校の生徒さんたちも来てくれるらしい。

そこで顔合わせも一緒にするみたいなのでとても楽しみだ。

でも、ちょっと待って。

「あの、すみません。すっかり忘れてたんですけど、こちらの生徒さんも夏季休暇中ですよね？　もしかして、私たちのためにわざわざ休暇中に出てきてくれるんですか？」

私たちは、夏季休暇中の研修の一環として留学してきているけど、受け入れ先のヨーデンの学生たちは、休暇中に私たちのために呼び出されたってことだよね？

それってヤバくない？

今更だけど反感持たれてないかな？

と、本当に今更な心配をしていると、ラティナさんのお兄さんが笑いながら否定してくれた。

「いやいや、皆北大陸の文化に興味津々だからね。今回、留学生が来るから一緒に学べる学生を募集したら、たくさん来たんだよ。だから、気にする必要はないよ」

「あ、そうなんですか。それは良かったです」

反感を持たれていないのなら良かった。

ん？　でも、興味津々ってことは、あれやこれやと聞かれたりするんだろうか？

まあ、無理を言っているのはこちらだし、それくらいは協力しないといけないよね。

そんな感じで、馬車内の空気が元に戻った頃、馬車がパーティー会場に到着した。

複数の馬車に分乗してきていたのだが、他の馬車も問題なく到着したようで皆でパーティー会場前に集合した。

パーティーの会場は、パパたちが昼間も来ていた大統領府で、そこのレセプションホールを使って行うとのこと。

わぉ。大統領府でパーティーとか、マジで国賓扱いじゃね？

今更だけど緊張してきた。

「では皆さん、私が案内しますので後についてきてください」

そう言って先導してくれるラティナさんのお兄さん。

案内図とか見ないで案内できるってことは、大統領府に慣れているってことなのかな？

オーグおじさんの前で縮こまってたり、私たちに腰の低い態度を取ってたりする姿しか見ていなかったけど、ラティナさんのお兄さんって、もしかしてエリートなんだろうか？

そんなラティナさんのお兄さんに付いて行くと、なんだかいい匂いがしてきた。

「うわぁ、なんだろう？　すっごくお腹が空く匂いがする」

「本当だ。今日出る料理の匂いかな？」

マックスも私と一緒で、匂いの元が気になるみたい。

「なんの匂いだろ？　香辛料だとは思うけど、複雑すぎて分からないな」

匂いを嗅ぎながら、どんな料理なのか推測しようとしているマックス。

アンタ、鍛冶師になるんじゃないの？

なんで料理人みたいな真似してんのよ。

「ふふ、やっぱりオリビアさんの息子さんね。お料理が気になる？」

ママも同じことを思ったようで、クスクス笑いながらマックスに訊ねてきた。

「え？　あー、まあ、気になるっちゃ気になるかな？　料理が趣味みたいな感じだし」

マックスがそう言うと、デビー、レティ、ラティナさんが「え？」って顔をした。

「ええ？　そうなの？　私は、てっきり物づくりが趣味なのかと思ってた」

「私も」

普段から、男子を自分ちに誘って自分の創作物を見せたりしてるみたいだし、そう思われても仕方ないかな。

「マックスは料理上手ですわよ？」

「やはり、手先が器用だからかしら？　私たちが作ったものより美味しかったのは悔しいですけど」

昔からマックスのことを知っているヴィアちゃんとアリーシャちゃんが、マックスの料理について肯定してきた。

アリーシャちゃんの言う自分たちが作ったもの、というのは、昔ヴァネッサデーで手作りのお菓子を作ったときのことだ。

どうしてもレインに手作りのお菓子を作ってあげたいというので、私とヴィアちゃんも一緒に挑戦したんだけど……。

「は、はは。二人は王女様と伯爵令嬢なんだから、料理なんてしたことないだろ？　そりゃしょうがないって」

マックスの顔が、未だに引き攣るほど二人の料理スキルは壊滅的だったのだ。

私？

私は平民だし、昔から厨房にはよく出入りしてたから、普通に料理とか習ってたよ。

なんか、昔ママがパパに料理を作ってあげようとして、ヴィアちゃんたちと同じような失敗をしたって聞いてたし、練習できるときには練習しときなさいって言われてたからね。

あのお菓子を食べさせられたときのマックスとレインの様子は、今思い出しても笑える。

「アリーシャの料理は、大分上達してる。もう美味しい」

「……もうということは、昔はそうではなかったと？」

「あれは、お世辞にも美味しいとは言えない」

「ぐっ……まあ、確かに自分でも思いますけど……」

「今が上達してるなら問題ない。オカンの料理より繊細にできてる」

「……まあ、お義母様は元騎士ですから……」

わあ、アリーシャちゃんメッチャ言葉選んだな。

まあ、クリスおばさんの料理はちゃんと美味しいんだけど、元騎士だからか肉マシマシ料理なんだよね。

ちなみに、レインもあんなこと言ってるけど、クリスおばさんの料理は大好きだ。

アリーシャちゃんを元気付けるために、わざと引き合いに出したんだろうな。

と、そのとき、今の今まで空気になっていた人物が近寄ってきた。

「ビーン、ちょっといいか？」

「ミーニョ先生？　どうしました？」

今回の引率役である我らの担任ミーニョ先生だ。

今まではパパがいるから引率を任せて空気に徹していたのに、料理の話になったら会話に参加してきた。

「あ、もしかして、ミーニョ先生も料理が趣味とか？」

「いや、逆だ。全くできないから教えてもらえないかと思ってな」

ああ、マックスの趣味が料理だと知って近寄ってきたのか。

「毎食外食だと出費も馬鹿にならなくてな。自炊を覚えたいのだが、教えてくれる人がいなかったんだ」

「ええ？　先生なら教えてくれる女の人とかいなかったの？」

マックスの何気ない一言に、デビーがピクッと反応した。

そりゃ、気になるよね。

「残念ながら、そこまで親密になった女性はいなくてな。今さら親に頼るのも情けないし、頼まれてくれないか？」

「えーっと……」

引き受けようかどうしようか迷っているマックスがチラチラとこちらを見ている。

こちらってか、デビーか。

その視線を受けたデビーは、勢いよくミーニョ先生の前に飛び出した。

「だ、だったら先生！　わ、私が教えてあげてもいいですよ！」

おお！　デビー頑張った！

真っ赤な顔で必死にそう言うデビーだったが、ミーニョ先生は一瞬キョトンとしたあと、気まずそうな顔になった。

「いや、料理を教えてもらうとなると家に招かないといけないだろ？　女生徒を家に招くわけにはいかないぞ」

ガーン！　という文字が後ろに幻視できるほど、デビーはショックを受けている。

まあ、そりゃそうだよね。

男性教諭の家に女子生徒が出入りしているとなると、どうしても不穏な噂が立つ。

最悪、ミーニョ先生が職と世間的な評価を失ってしまう。

肩を落としてトボトボと戻ってくるデビーを見て、私は内心（ヴィアちゃんの次はデビーかなあ？）と次の恋愛相談が起きそうな気配を感じていた。

結局、マックスはミーニョ先生の提案を受け入れ、休みの日に料理を教えに行くことになった。

マックスを見るデビーの目が、暗殺者みたいだったのが怖かったよ。

「マックス君……」

「ひっ！　な、なに？　デボラさん……」

「……ミーニョ先生の家に行ったら、女の影がないか調べてきて」

「ええ……なんで俺が……」

「調べてきて」

「はい！　分かりました！」

殺し屋みたいな目をしたデビーに逆らえなかったマックスは、ミーニョ先生の部屋のスパイもすることになったようだ。

「はは、お疲れ、マックス」

「はぁ……本当だよ。なんで俺がこんなこと……」

「だったら、先生の依頼も断わりゃよかったじゃん」

「いや、なんか切実そうだったから」

なんだかんだマックスもお人よしだねえ。

そんな話をしていると、ラティナさんが会話に加わってきた。

「マックス君は凄いですね。私、料理なんて全然できないです」

ラティナさんって、お兄さんもエリートだし、良いとこのお嬢様な感じがするよね。

それだと、料理とかできなくても恥ずかしいことじゃないと思うんだけど。

「まあ、俺は環境が大きいかな。ほら、母親の実家が有名な料理店だから」

「ああ、そういえば。あのお店の料理は美味しかったです」

そのときの味を思い出しているのか、ラティナさんが満面の笑みでそう答えた。

その笑顔を受けたマックスは、ほんのり頬を染めて視線をそらした。


ちく。


ん？

今の、なに？

「さて皆さん、ここがパーティー会場です。皆さん既に中で待っているので、このまま入りますよ」

なんか一瞬胸がモヤッとしたんだけど、その正体を知る前にラティナさんのお兄さんが会場への到着を知らせてきた。

なんだったんだろう、今の……。

◇第三章◇　留学生活の開始

ラティナさんのお兄さんがパーティー会場の扉を開けると、会場全体で拍手が起こった。

まあ、ヨーデンはアールスハイドに対して問題を起こした方の国だけど、敵対したいわけじゃなく、むしろ仲良くしたい国だからね。

なのに問題を起こしてしまった手前、なんとしてもその失点を挽回したいのだろう。

会場に集まっている人たちの視線が好意的だ。

若干、怯えが入っている視線も交じっているけどね。

パパのことは使節団から報告が入っているだろうし、私たちはヨーデンの人たちが使えない広範囲攻撃魔法が使える。

あまり恐怖心を煽らないように気を付けないとね。

なので私たちは、歓迎の拍手をしてくれる人たちに笑顔を見せて会場を歩いていく。

すると、周りを警護の人に守られたおじさんが私たちに近付いてきて、にこやかにパパと握手をした。

「ようこそシン殿」

「歓迎ありがとうございます、ファナティ大統領」

大統領ってファナティさんって言うんだ。

日中に大統領からの謝罪があったそうだけど、さっきの今でこんなににこやかに談笑できるもんかな？

それとも、無理してるんだろうか？

そんなことを考えている間も、パパと大統領の話は続いていた。

「先ほどから、会場中が良い匂いに包まれていますね」

「ははは。我が国最高の料理人が腕によりをかけて用意したヨーデン料理です。アールスハイドの皆様のお口に合えばよろしいのですが」

「そうですね。では、育ち盛りの子供たちは待ちきれない様子ですので、そろそろ始めましょうか」

「そうですな」

握手を解いた大統領は近くにいたスタッフから飲み物の入ったグラスを受け取った。

「お集まりの皆様、グラスを手にお取りください」

その号令で、会場にいた人たちが一斉にグラスを手に取る。

私たちもスタッフからグラスを渡された。

私たちは、アールスハイドの法律では成人しているのでお酒も飲めるのだけど、ママからの指示でお酒は禁止されている。

飲める、と言っても慣れてはいないし、こんな国賓級の扱いをされるパーティーで酔っ払って醜態を晒す危険は避けないといけない。

と、こんこんと諭された。

というわけで、私たち学生はジュースだ。

グラスに入っているジュースは濃いオレンジ色で、これも美味しそうな甘い匂いをしている。

うぅ、早く飲みたい。

「今日、我々は素晴らしい客人を迎えることができた。過去、我々の祖先が避難してきた大陸にある国、アールスハイド王国は私たちの国よりも高度に魔法文明が発達している。このアールスハイド王国との交流は我がヨーデンのさらなる発展に寄与するものと私は確信している。そんなアールスハイドからの使者をヨーデンの歴史上初めて迎えることができたことに感謝を込めて……乾杯！」

『乾杯‼』

大統領の乾杯の音頭でパーティーが始まった。

早速手に取ったグラスの中身を飲む。

「！　うわっ！　美味しい！」

口にしたジュースは、甘みが強く酸味は少ししかない、滅茶苦茶(めちゃくちゃ)美味しいジュースだった。

「ラ、ラティナさん！　こ、これ！　滅茶苦茶美味しいんですけど!!」

私はメッチャ興奮していたんだけど、興奮していたのは私だけじゃなくて、王女様であるヴィアちゃんも感動していた。

「こんな美味しいジュースは初めて飲みましたわ。これは、なんという果物ですの？」

大国の王女様の舌を唸(うな)らせるなんて、チョコレートといいヨーデン最高かよ。

「ああ、これはマンゴーという果物ですね。これはジュースにしてありますが、果肉も美味しいんですよ」

「そうなの!?　どこ!?　そのまんごーの果肉はどこにあるの!?」

ジュースでこんなに美味しいなら果肉はもっと美味しいに違いない。

そう思って料理の乗っているテーブルを探しに行こうとするが、ラティナさんに止められた。

「まあまあ、落ち着いて下さい。マンゴーはヨーデンではたくさん採れますから、なくなったりしません。それより、先にお料理を口にして、最後にデザートとして食べるのはいかがですか？」

「あ、そうだね」

マンゴージュースの衝撃で料理のことをすっかり忘れていた。

さっき会場の外にまで漂って来ていたヨーデン料理の匂い。

そんな良い匂いを放つ料理は、一体どんな味がするのか？

私は、まず近くにあった肉料理に手を伸ばした。

鶏肉かな？

こんがりと付いた焼き色と良い匂いが食欲をそそる。

「はむ」

その鶏肉料理を口にした瞬間、私の頭の中に電流が走った。

「うまーっ！　ナニコレ⁉　うまーっ！」

あまりの美味しさに思わず大きな声で叫んでしまった。

「ちょ、ちょ、これ、メッチャ旨くない⁉」

この感動を分かち合いたくて、近くにいたマックスに同意を求める。

するとマックスは、私と同じ鶏肉料理を口にしたあと、目を見開いて固まっていた。

「これは……こんなに大量のスパイスを使った料理は初めて食べた……それなのに刺激だけじゃなく深い旨味がある。凄いな……」

マックス、あんた、鍛冶師になるんじゃないの？　目と感想が料理人のそれだよ。
あまりにも真剣な様子のマックスに、興奮して爆上がりしたテンションが落ち着いてしまった。

なんか自分の世界に入っちゃってるし、もう一口食べよ。うまー。

「ふふ。凄いですねマックス君。一口食べただけでそんなに分析できるんですか？」

ラティナさんがマックスを褒めてるけど、それって鍛冶師と魔道具師を目指している人間に向ける賛辞じゃないよね？

そんなこと言われてもマックスは……。

「え？　ああ……爺ちゃんの店でも香辛料は使うんだ。でも、高価なんでこんな贅沢な使い方はできない。だから感動してしまって」

「そうなんですね。ヨーデンでは香辛料は割と普通の調味料ですね。種類もたくさんあって、その配合が家庭の味になっているんです」

「そんなに一般的なのか……これも交易でたくさん入ってきたら、アールスハイドの食事事情が一変するかもしれないな」

「そうなると、ヨーデンとアールスハイドの交流は益々深くなりますね」

「だね」

……あ、あれ？

なんかマックス、普通に喜んでない？

っていうか、マックスは将来、ビーン工房を継ぐんだよね？　石窯亭の方じゃないよね？

仲良く談笑している二人を見てまた胸がモヤモヤしていると、私たちに話しかけてきた一団がいた。

「カサール。彼らを紹介してくれないか？」

声をかけてきたのは、ラティナさんと同じような浅黒い肌をした背の高い男性で、その後ろにも数人の男女がいる。

声をかけてきた男性は二十代後半くらいかな？　その後ろの人たちは私たちと同い年くらい。ということは彼らが……。

「ああ、久しぶりです先生。ミーニョ先生、彼らがヨーデン国立魔法学校の先生と生徒たちです」

やっぱり、後ろにいる彼らが今回私たちが留学する先の生徒さんたちなんだ。

「やあ、今回は無理を言ったようで申し訳ない。私は彼らの担任でミーニョです。よろしく」

「私は魔法学校の教師でラスールです。噂に聞くアールスハイドの生徒さんたちを受け入れることは栄誉になるので、どうぞお気になさらず」

「そう言ってもらえると助かります」

まずは責任者の大人同士の挨拶から。

このあと自己紹介する流れなのかな？

と思っていたら、後ろに控えていた生徒の内、男子が一人こちらに歩み寄ってきた。

まあまあ顔立ちの整っているイケメン君だ。

その彼は、私たちの前……というより、ヴィアちゃんの前に来ると、フッと微笑んだ。

「初めまして。私はカフーナ＝ポンスと言います。美しいお嬢さん、貴女のお名前は？」

側にいる私たちを無視して、ヴィアちゃんにだけ話しかけた。

まあ、ヴィアちゃんは王女様だし、私たちと同じような服を着ていても滲み出る高貴さは隠しきれてないけどさあ。

私たちを無視するのは印象悪いよ？

ヴィアちゃんもそう思ったみたいで、笑顔ではいるけど目が笑っていない。

「オクタヴィアと申します。よろしく、ポンスさん」

「はは。私のことはカフーナと呼んでください。貴女のことはヴィアと呼んでも？」

うわ、なんて馴れ馴れしい男なんだコイツ。

私たちが呆れた目でポンス君とやらを見ていると、ヴィアちゃんはニッコリ笑って言った。

「お断りしますわ、ポンスさん」

「なっ⁉」

ファーストネームで呼んでもらうことも、愛称で呼ぶことも拒否されたポンス君は、信じられないといった顔をしてヴィアちゃんを見た。

「は、はは、どうやら緊張なさっている様子だね。僕たちは君たちと一緒に学ぶのだから親睦を深めるのは有効だと思うのだけど？」

「確かに、親睦を深めるのは大事ですわ。ですが、それと呼び名に関係はありませんわよね？」

「いや、しかし！」

ヴィアちゃんが明確に拒否しているにもかかわらず食い下がるポンス君。

まあ、こんな美少女には滅多にお目にかかれないからね。

必死になるのは分かるけど、拒否していることに食い下がると印象が悪いよ？

「そもそも、なぜそんなに呼び名に拘るのですか？　今回の留学の目的は技術交流のはず。親密になる必要性を感じません」

「いや、それは……」

「ちょっと！　なんなのよアンタ！　カフーナ君が親睦を深めようって言ってるのに、なにが不満なのよ！」

ヴィアちゃんの追及にポンス君がしどろもどろになっていると、後ろから女生徒が口を挟んできた。

「貴女は？」

「私も今回の選抜メンバーの一人よ！」

「そうですか。私はオクタヴィアと申します」

「え、あ、イ、イリス。イリス＝ワヒナよ」

「イリスさんですね。よろしくお願いします。私のことはヴィアと呼んでください」

「ちょ、ちょっと待ってくれ！　僕のことを拒否したのに、なぜイリスの名前は呼ぶし愛称で呼ばせるんだ⁉」

ポンス君がそう叫んだので、ヴィアちゃんはキョトンとした顔をしている。

「なぜって、イリスさんは女性で、ポンスさんは男性ですから」

「な、なんだそれ⁉　き、君は性別で差別するのかい⁉」

自分を蔑ろにされたからか、イリスさんという女生徒に負けたと思ったからか、今度はヴィアちゃんを窘めるような口調になった。

「そういう意図はありません。私には婚約者がいますので、男性との関係に誤解を生まないように距離を取っているのですわ」

『⁉』

ヴィアちゃんの言い放った「婚約者」という言葉に、ヨーデンの生徒たちが驚愕したのが分かった。

ヨーデンって貴族とかいないから、学生の頃から婚約者がいるとか理解できないんだろう。

「え？　え？　ヴィアさんって、婚約者いるの⁉」

「ええ。とても素敵な方ですのよ」

さっきまでの攻撃的な態度から一転、イリスさんは興味津々にヴィアちゃんに話しかけていた。

もしかしたら、ポンス君を巡ってのライバルになるかもって牽制していたのが、そうじゃないって分かって敵意が消えたのかも。

ヴィアちゃんとイリスさんが早速友好を深めていると、ポンス君はしばし呆然としたあと、なにか納得した顔になった。

「なるほど、政略結婚か。好きでもない相手と結婚させられるだなんて、なんと可哀想な人なんだ」

……はあ？

コイツ、なに言ってんの？

さっきヴィアちゃんが「素敵な方」って言ったの聞いてなかったのか？

「そんなものに従う必要なんてないよ！　僕なら君を幸せにしてあげられる！　だからヴィア！　僕の手を取って‼」

「勝手に愛称で呼ばないでください。不愉快です」

跪いてヴィアちゃんに向かって手を伸ばすポンス君を、即答で振るヴィアちゃん。

なんだろう。笑っちゃいけないのに、あまりにも滑稽すぎて笑いが抑えきれない。

私たちアールスハイド組が笑いを堪えているのと対照的に、ヨーデン組はとても恥ずかしそうにしている。

「ちょ、ちょっとカフーナ君。さっきのヴィアさんの言葉聞いてなかったの？　素敵な方って言ってたじゃない。ちゃんと想い合っているのよ！」

さっきまでポンス君側だったイリスさんも、さすがに恥ずかしいと思ったのかポンス君を窘める。

が、イリスさんの認識にはちょっと誤解がある。

「まあ、政略結婚だけど想い合っているのではなくて、想い合っているから婚約したんですけどもね」

「え⁉　そうなの⁉」

ヴィアちゃんの言葉に、益々盛り上がるイリスさんとヨーデンの女子生徒たちと、ヴィアちゃんにすでにお相手がいるということで若干落胆している様子の男子生徒たち、そして、跪いたまま固まっているポンス君。

カオスだ。

「えーっと、イリスさん？　私はシャルロット＝ウォルフォードです。私たちのこともよろしくね」

このおかしな空気をなんとかしようと、自己紹介をしつつヴィアちゃんたちの会話に加わった。

「あ、ご、ごめんなさい。イリス＝ワヒナよ、よろしくねシャルロットさん」

「シャルでいいよ、イリスさん」

私が挨拶をしたのを皮切りに、次々と挨拶を交わしていくアールスハイド組とヨーデン組。

最初はどうなることかと思ったけど、いい雰囲気になりそうで良かった。

……んだけど。

「えっと、ポンス君、だっけ？　彼、あのままにしておいていいの？」

片膝（かたひざ）をついたまま項垂（うなだ）れているポンス君に気付いたマックスが、イリスさんにそう訊（たず）ねた。

イリスさんはポンス君を見ると、呆れた人を見る目になった。

あれ？　変わり身早くない？

「彼、学校で一番優秀で格好良かったから憧れてたんだけどなあ……あんな残念な人だったなんて知らなかったよ」

「ああ。いきなりヴィアちゃんを愛称呼びしようとしてたもんな。ウチの国じゃ考えられないよ」

マックスがそう言った瞬間、項垂れていたポンス君がガバッと起き、マックスに詰め寄ってきた。

「お、お、お前がヴィアさんの婚約者だったのか!!」

そして、全く的外れなことを言ってきた。

「こ、こんな冴えない奴が!?　ヴィアさん！　今からでも遅くない！　考え直したほうがいい!!」

「愛称で呼ばないでくださいと、何度言えば分かるのですか？　それに、マックスは婚約者ではありません」

マックスが冴えない奴だって。

中等学院時代とか結構モテてたのに、ポンス君には自分より劣ってると見えるんだろうなあ。

なにをもって劣っている認定しているのか知らないけど。

またしてもヴィアちゃんに速攻で拒否られたポンス君は、なんか顔を真っ赤にして怒っている。

なんで？

「はあっ⁉　婚約者がいるからファーストネーム呼びも愛称呼びもしないって言ってただろうが！　ならコイツはなんなんだよ！」

ああ、それで怒ってるのか。

こいつらはいいのに、自分はだめなのかと。

「マックスとシャル、レインは生まれたときからの幼馴染みですわ。それは周囲の人間全てが知っていることですし、問題ありません」

「な、なら！　他の奴は⁉」

ポンス君はそう言うと、ハリー君やデビット君に視線を向けた。

「で、殿下を愛称呼びなど！　畏れ多くてできるか‼」

「そうです！　名前呼びすらしたことないよ‼」

視線を向けられたハリー君とデビット君は、高速で首を横に振りながら否定した。

「そうそう、私ら女子だって殿下のこと名前呼びしたことないよ」

「畏（おそ）れ多いですよね」

それに追随するように、デビーとレティも賛同する。

ヴィアちゃんと愛称呼びするのは私たちだけという認識をヨーデンに伝えられた、と思っていたのだけど、ヨーデン組の態度がおかしい。

なんか、固まってる？

「ね、ねえ、ラティナ」

「なに？　イリス」

「今、あの人たち、ヴィアさんのこと『殿下』って……」

あ、そういえば、さっきもヴィアちゃんファーストネームしか名乗ってないや。

ラティナさんがヴィアちゃんに視線を向けると、ヴィアちゃんはコクリと頷いた。

「ええ、そうよ。この方はオクタヴィア王女殿下。アールスハイド王国第一王女様なの」

そう言った瞬間、ヨーデン組が一斉に跪いた。

「お、お、王女殿下でしたか！　そうとは知らず！　ご無礼をいたしました‼」

そう言って深々と頭を下げるのはイリスさん。

どうでもいいけど、スカートで跪くとパンツ見えるよ？

ヴィアちゃんもそう思ったのか、跪いているヨーデン組に立つように言った。

「皆さんお立ちになって。そもそも、私はファーストネームしか名乗っていないのですから無礼もなにもありはしませんよ。それより、このことが原因で遠慮されることの方が悲しいです」

「で、殿下……」

「ですから、さっきまでのように接して下さいませ。ね？　イリスさん」

「は、はい！　ありがとうございます！」

わあ、イリスさん速攻でヴィアちゃんに堕ちちゃったよ。

そういえば、オーグおじさんもこういうの得意だって言ってたし、王族の人心掌握スキル、凄いな。

「お、王女……」

ん？　ポンス君の様子がおかしい。

他のヨーデン組と違って跪いてないし、なんかボーッとしていたかと思うと、ニヤニヤしだした。

気持ち悪……。

「や、やっぱり君は僕と……」

「シャル、ヴィアちゃん、これは一体どういう状況？」

ポンス君の様子を警戒していると、後ろから声を掛けられた。

「あ、お兄ちゃん」

「なんで、ヨーデンの子たちが跪いてるの？」

こんだけ人がいる会場で跪いている集団がいたら、そりゃ気になるか。

周りも、一体何事か？　という顔でこちらを見ている。

「ヴィアちゃんが王女様だってバレちゃったから」

「ああ、そういうこと」

この異様な状況を簡潔に説明すると、お兄ちゃんは納得した表情になってまだ跪いているヨーデン組を見ていたのだけど……。

お兄ちゃんが登場して、あの子が黙っているはずがない。

「シルバー様！」

さっきまでヨーデン組を跪かせ、優しい笑みと言葉をかけていたヴィアちゃんが、その表情を輝かせお兄ちゃんに飛び付いた。

「おっと。飛び付くのははしたないよ、ヴィアちゃん」

「だってシルバー様、私を放って他の人と話しに行ってしまわれたのですもの」

ヴィアちゃんはそう言うと、プクッと頰を膨らませた。

さっきまでの威厳はどこに行った？

ほら、ヨーデン組の人たちも唖然としてるよ。

「あ、あの、ヴィアさん」

「はい？」

「えっと、その方が？」

イリスさんはそこまでしか言わなかったけど、なにを言いたいかは私にも分かった。

ヴィアちゃんは満面の笑みを浮かべると、お兄ちゃんの腕にしがみつきながらイリスさんの質問に答えた。

「ええ。この方が私の婚約者。シルベスタ＝ウォルフォード様ですわ」

お兄ちゃんの腕を両手で抱きしめ、スリスリと頬ずりをするヴィアちゃん。

だから威厳！

ヨーデン組が呆気に取られているから！

そう思っていたのだけど、ヨーデン組の、特に女子の様子がおかしい。

「イリスさん？」

「え⁉　あ、あの……」

イリスさんに話しかけると、イリスさんは慌てて立ち上がったのだけど……その顔が真っ赤になっていた。

「ど、どうしたの⁉」

「い、いいえ、なんでも……それより、その、さっきシルベスタ様のことを『お兄ちゃん』と呼んでいたと思うんだけど……」

「うん。私のお兄ちゃんだよ」

「そ、そうなんですね……」

イリスさんはそう言うと、赤い顔をしながらも切なそうな顔になった。

なに？

「……こんな格好いい方、生まれて初めて見たわ」

あ、そっち⁉

ヨーデン組は、お兄ちゃんに驚いてたの⁉

よくよく見ると、ヨーデン組の女子はお兄ちゃんを見て熱に浮かされたような顔をしているし、男子は悔しそうで妬ましそうな顔をしている。

ヴィアちゃんも、そんなヨーデン組の様子を見たのか、お兄ちゃんと腕を組みながらドヤ顔をしている。

……自慢したくてしょうがないんだろうなあ。

あ、そういえば、ポンス君は？

そう思って彼を見てみると……お兄ちゃんを見て、愕然とした顔をして固まっていた。

まあ、大体の男子はお兄ちゃんを見ると自信喪失するよね。

そんな人は今までたくさん見てきたよ。

まあ、これでヴィアちゃんにウザ絡みしてくる輩はいなくなるかな？

そう思っていると、イリスさんが溜め息を吐いた。

「とても素敵な方だけど……ヴィアさんには勝てないわね……」

そう言うイリスさんに賛同するように、他の女子たちも溜め息を吐いた。

そんなイリスさんの肩を、デビーとレティがポンと叩いた。

「「気持ちは分かる」」

『はぁ……』

こうして、アールスハイド組とヨーデン組がいる場所は、溜め息で満たされたのであった。

……いや、アンタたち、なにしに来てんのよ？

◆

シャルロットたちが騒ぎを起こしたとき、その保護者であるシンとシシリーはヨーデン大統領ファナティをはじめとする政府高官たちと会話をしているところだった。

「……なにやら揉め事が起こったようですな」

跪いているのがヨーデンの学生であったため、ファナティは、またアールスハイドに無礼を働いてしまったのではないかと内心物凄く焦（あせ）っていた。

「……ああ、どうやらヴィアちゃんの身分が明かされたようで、ヨーデンの子たちが驚いてしまったようですね」

こちらはこちらで、またシャルロットが問題を起こしたのかと冷や冷やしていたシンは、集音の魔法で生徒たちの会話を拾い、致命的な問題が起きているわけではないことに安堵し、それをファナティたちに伝えた。

これに安堵したのはファナティたちも同様であった。

「そ、そうですか。それならまあ、良かった……のですかな？」

「ええ。どうやらヴィアちゃんが身分を隠してヨーデンの子たちに接していたのが原因みたいですし、気軽に話していた子が王女様でビックリした……くらいの揉め事でしょう」

「そうですか。まあ、シン殿が問題とされないのならいいのでしょうが……」

「大丈夫ですよ。元々学ぶ身として特別扱いされたくないというのがアールスハイド王家の考えのようでしてね。現国王は私の同級生なのですが、それはそれは気軽な態度で接してきたものです」

シンが何気なく話した内容に、ファナティたちは顔が引き攣るのが分かった。

目の前にいるのは、北大陸最強……いや、歴史上最強の魔法使いと言われている人物。

さらにこの人は、北大陸最大と言われているアールスハイド王国国王と友人関係にもある。

魔法という実力だけでなく、権力まで持っているのかと、ファナティをはじめとする政府高官は、身体中から嫌な汗が噴き出るのを抑えられなかった。

「ん？　ああ、どうやら私の息子が仲裁に入ったようです。あれで収まるでしょう。まあ、子供同士の揉め事に親が介入しても根本的な解決にはなりませんから、これくらいの問題なら子供たちに任せておきましょう」

シンは軽い調子でそう言うと、ファナティたちに向き直った。

王女様が関わっているのに、子供に任せていいのか⁉　と叫び出したい気持ちではあるのだが、当のシンはすでに子供たちから関心を外しており、シシリーと共にパーティーに提供されているヨーデン料理に手を伸ばしている。

「うわ、これも美味しい。シシリーも食べてごらん」

「そうですか？　では頂きます」

「はい、あーん」

「あーん……ん、本当ですね。とても美味しいです」

「だろ？　どの料理にも大量に香辛料が使われているな。もしかして、香辛料はヨーデンでは一般的なのですか？」

パーティー会場という公の場で、いきなり「あーん」とかしだすこの夫婦にファナティが呆気に取られていると、急に話題が振られた。

「え、あ、そ、そうですね。我が国では、気候上香辛料がよく育つのです」

「そうですか。それは素晴らしいですね」

笑みを浮かべてそう言うシンだが、それ以上の話はしなかった。

シンの態度を見るに、この香辛料はアールスハイドに対する絶好の交易品になりうる。

既にカカオは大量に輸出されたのだから、間違いないだろう。

しかし、今回の騒動によりヨーデンはかなり立場が悪い。

アールスハイドとしては、香辛料が手に入らなかったとして、残念ではあるがそこまでダメージを負うことはない。

しかし、ヨーデンとしてはアールスハイドの進んだ魔法や魔道具技術はなんとしても欲しい。

ただでさえ交易に対する熱量が違うのに、そこへきて今回の事件だ。

ファナティは、改めて今回の襲撃を画策した黒幕のことを憎んだ。

すでに捕縛し、地位と財産を没収した上で懲役刑を科しているが、法制度を捻じ曲げてでも処刑してやりたいほどには。

こうして、シンとシシリー夫妻は和やかに、大統領たちは脂汗を流しながらの会談は続いていたのだが、ふと、シンが周囲に視線を巡らせた。

「シン君？　どうしましたか？」

周囲を見渡したあと、少し不愉快そうに眉を顰めたシンに気付いたシシリーがシンを気遣うように声をかけた。

「ん？　いや。まあ、見てるだけだから害はないか……」

「？」

なにかに気付いた様子のシンだったが、今ここで話すことでもないと判断したのか、それ以上なにも言わず別の話題に切り替えた。

「そういえば、攻撃魔法を覚える人員の選定は進んでいますか？」

シンがそう言うと、ファナティはシンが大統領府を去ったあとに行われた会議の内容を話し出した。

「まだ決定ではありませんが、軍の兵士の中で魔力制御が特に優れているものを選抜する予定です。まだ決定ではありませんが、すでに選定には入っています」

「そうですか。あ」

シンは、話している途中でなにかを思い付いたようで、視線をシャルロットたちの方へ向けた。

「良かったら、学生たちも一緒に訓練を受けませんか？」

「学生たちも？」

シンからの思わぬ提案に、ファナティは一瞬考えた。

今回、アールスハイドの学生たちには変成魔法を教えることになっている。なら、逆にヨーデンの学生たちがアールスハイドの魔法を教えてもらってもいいのではないか？

その方が、お互い切磋琢磨（せっさたくま）するのでは？

そう考えたファナティは、シンの申し出を受けることにした。

「それはいいですね。現役の兵士と将来を担う学生が同時に訓練を受けることは、きっと将来のためになります」

「そうですか。じゃあ、午前中は学生は変成魔法の授業をしたあとは兵士たちと一緒に攻撃魔法の訓練をしましょう。そして午後からはシシリーについて病院での治療を行いましょう」

会議室ではなく、パーティー会場で今後の予定を次々に決めていくシンに驚きつつも、提案されていることは全てヨーデンにとって有意義なものであるため、反論など一切起きない。

「それでは、時間については調整して……」

ファナティがそう言おうとしたときだった。

「なんだ？　入り口が騒がしいな」

パーティー会場の入り口で女性が騒ぐ甲高い声と、それを窘める男性の怒声が聞こえてきた。

会場中がその騒ぎに気付いており、皆が会場入り口の扉に注目していた。

「おい、君。これは一体なんの騒ぎだ？」

「は！　確認してまいります！」

ファナティが近くにいたスタッフに声をかけると、スタッフは確認するために入り口に向かって行った。

そして、様子を確認して帰ってくると、その表情は非常に困惑していた。

「なんだったのだ？」

ファナティがそう訊ねると、スタッフは、ファナティの後ろに控える政府高官のうちの一人に視線を向けた。

「む？　私がどうかしたか？」

その男性がスタッフに問いかけると、スタッフは非常に言いにくそうに口を開いた。

「それが、その……受付で女性が『自分はザラン財務大臣の娘で、招待されているのに入場できないのはおかしい』と暴れておりまして……」

「なっ⁉」

スタッフがそう言うと、ザラン財務大臣と呼ばれた男性は、目を見開いて驚愕した。

「あのバカ娘がっ⁉　今日のパーティーに出席するのは禁じたはずなのに！　言いつけ

を守らなかったのか!!」

ザラン財務大臣はそう叫ぶと、ファナティとシンに頭を下げ「私が対処します」と言って入り口に向かった。

その対応でなにがあったのか察したシンは、一応ファナティに確認することにした。

「えっと、もしかして、ホテルでの一件を聞きました？」

シンの問いに、ファナティは小さく息を吐いてから答えた。

「ええ。カサールから話を聞きましてね。あのホテルには外国からの賓客が宿泊しているから重々気を付けるように言っていたにもかかわらず、明らかに外国人であるシルベスタ様やオクタヴィア王女殿下に暴言を吐くなどあってはならないことですから、招待者名簿から削除しましたし、ザラン……先ほどの財務大臣ですが、彼からも伝えていたのです」

それなのに、あの娘は会場に来て、名簿から抹消されているので会場に入れずに暴れだしたと。

「なるほど。中々個性的な娘さんなようですね」

シンがそう言うと、ファナティは深い深い溜め息を吐いた。

「まったく……我が国には、優秀で有望な人材が多数いるのです。だというのに、皆さま方に接触するのは問題を起こす人間ばかり……私は呪われているのかと思ってしまいますね」

過激派が王女を襲い、学生同士で揉め事を起こし、大臣の娘が失礼を働く。なんでこんなに立て続けに面倒ばかりが起きるのだと、ファナティは大統領という立場ながら泣きたくなってきた。

そうこうしているうちに、入り口の騒動はザラン財務大臣が到着したことで、より一層激しさを増した。

娘をなじる父の声と、それに激しく反論する娘の声が、会場内にだだ洩れである。

ホテルでの当事者であるシルベスタとオクタヴィアも、声の主と言い合いの内容から、シルベスタに絡んできた女性が出禁をくらって、それに納得できずに騒いでいるのだと理解できた。

「ああいう人って、どこにでもいますのね」

「人間の本質は、どの国でも一緒ってことじゃない？」

オクタヴィアとシルベスタが呑気にそんなことを話していると「おい！　待て！」という男性の焦った声のあとに、入り口の扉が『バーン！』という激しい音と共に開き、女性が会場に入ってきた。

入ってきた女性は、綺麗なドレスを身に纏っているものの、激しい言い争いをしたあとに強行突破をしてきたからか、髪は乱れ、汗だくで化粧も崩れ呼吸も荒いため、見ているものに恐怖を与えた。

そんな女性がギョロギョロと視線を巡らせると、シルベスタとオクタヴィアのところで視線を固定させ、目を見開いた。

「お、お前えっ‼」

その女性が一直線に二人のもとに走ってくる。

「私は！　大臣の娘なのよっ！　その私が！　なんでこんな扱いを受けなきゃいけないのよっ‼」

そう叫びながら、二人のうちオクタヴィアに向かって突進していく。

その異様な容姿と様子に一瞬呆気にとられた会場の護衛は、動き出しが遅れてしまった。

その結果、女性を二人のもとに辿り着かせてしまったのだが……。

「おっと」

「ぐえっ！」

女性がオクタヴィアに到達する前に、シルベスタが女性の腕を掴み足をかけると、面白いように空中で一回転し、そのまま地面に背中から落ちた。

その様子は、まるで前方宙返りをしようとして失敗し、背中から落ちたような格好だ。

武術の心得などなさそうな女性は当然受け身など取れず、まともにダメージを喰らってしまった。

倒れて動けなくなった女性に護衛たちが群がり、あっという間に拘束していく。

「オクタヴィア王女殿下に対する暴行未遂の現行犯で逮捕する‼」

拘束（こうそく）した護衛のその台詞（せりふ）により、女性は、自分が襲おうとした人物がアールスハイドの王女であることにようやく気付いた。

「あ、あ……」

半回転して身体を打ち付けた身体的衝撃と、自分が襲おうとした人物が想像以上のVIPだった精神的衝撃が合わさり、女性は白目を剝（む）いて失神してしまった。

あまりの出来事に会場中が呆然とする中、ザラン財務大臣がシンのもとに全力でかけつけ、そのままシンに向かって土下座を行った。

「誠に申し訳ございません‼　あのバカ娘には厳罰を与えますので！　どうか！　どうかお怒りをお鎮め下さいませ‼」

脂汗を掻き、震えながら土下座をするザラン財務大臣。

そんなザラン財務大臣を見ながらシンは小さく息を吐くと、先ほど襲われたばかりのシルベスタとオクタヴィアに声をかけた。

「おーい、シルバー、ヴィアちゃん。あの人どうする？」

シンがそう訊ねると、シルベスタとオクタヴィアは互いに顔を見合わせたあと、小さく頷きあった。

「ヴィアちゃんに任せるよ」

「そうですわね。そちらの方は抑えようとしてくださったようですし、当人の処罰だけで構いませんわ」

「ということなので、申し訳ありませんが娘さんを許すわけにはいきませんが、このことで両国の関係にこれ以上の溝を作るつもりはありません」

シンがオクタヴィアの判断を受けてそう言うと、ザラン財務大臣はますます深く頭を下げた。

「ありがとうございます！　ありがとうございます！」

「さあ、いつまでもそんな格好をしていないで、立ち上がってください。このままだと、会場の空気最悪ですよ」

「は、はい……」

シンに促され、よろよろと立ち上がるザラン財務大臣。

当事者を処罰すれば、これ以上のお咎めはないと言われても、気にしないわけにはいかない。

ファナティは、ますますヨーデンの立場が弱くなったことに、自分も気を失って現実逃避をしたくなったのだった。

◆

波乱続きだったパーティーがようやく終わった。

途中、例のホテルでお兄ちゃんとヴィアちゃんに絡んできた女がヴィアちゃんに向かって行っていたけど、なんであんなに攻撃的だったんだろ？

まあ、お兄ちゃんが華麗に取り押さえたので特に誰にも怪我がなく収まって良かったかな。

ヴィアちゃんが、また王女様がしちゃいけない顔しててて、それを見たイリスさんたちに生温かい笑顔を向けられてたこと以外、特に害はなかったし。

パパとママは、たくさんの大人の人たちと色んな話をしていたみたいだけど、私たち学生が大人と話をしてもよくわからないから、ヨーデンの学生さんたちと常に一緒にいた。

このパーティーで随分仲が良くなったと思う。

ポンス君だけは、私たちの輪から離れて孤立しちゃってたけど、ヴィアちゃんにあんだけやらかして、味方だったはずのヨーデンの学生さんたちにまで見放されちゃったら話の輪には入れないよね。

「今日はありがと。楽しかったわ」

「私も。明日からよろしくね」

別れ際、イリスさんと握手をして別れの挨拶を済ます。

そう、明日からヨーデン国立魔法学校にて変成魔法の授業が始まるのだ。

アールスハイドではパパだけが完全に習得していて、そのうち私たちにも教えてくれるという話だったのだけど、それより一足先に教えてもらえる。

今まで使ったことがない魔法ということでワクワクしていたのだが、私以上にワクワクしている奴がいた。

「本当楽しみだよ！　一度ラティナさんに見せてもらってから、絶対に覚えたいと思っていたんだ！」

実家が鍛冶工房をしているマックスである。

今は多方面に渡る製造を行っているけど、その本質は金属加工業。

物質を自在に変成できる変成魔法は、鍛冶師にとって喉から手が出るほど欲しい魔法なんだろうな。

その熱意に、ヨーデン組はちょっと引き気味だ。

「そ、そうなんだ。変成魔法なんて地味でしょ？　私はアールスハイドの攻撃魔法とかの方が魅力的に感じるわ」

「私もイリスの意見に賛成ですね。アールスハイドで魔法を学んで思いましたが、やはり私もアールスハイドの魔法の方が魅力的に思えます」

そういえば、ラティナさんは元々イリスさんと友達なんだそうだ。

留学生選抜で競い合い、最終的にラティナさんが選ばれたのだとか。

本人はコネで選ばれたとか謙遜していたけど、イリスさんもラティナさんなら負けてもしょうがないと思えるほど優秀だったんだそう。

これ、パーティーで聞いた。

そんなラティナさんがアールスハイドの魔法の方がいいと言ってくれたのは嬉しいけど、これってないものねだりなんじゃないのかな？

私やマックスはヨーデンの変成魔法が面白いと感じ、ヨーデン組はアールスハイドの魔法が魅力的だと思うってことはそうなんじゃないだろうか？

そんなことを考えていると、マックスが力強く反論した。

「そんなことはないよ！　変成魔法がどれほど可能性に満ち溢れているか分かってない！　これを覚えれば、今まで作れなかった魔道具が作れるかもしれないんだ！」

マックスはラティナさんに詰め寄り、変成魔法の有用性について熱く語った。

「そ、そうなんですね……」

物凄く近くまでマックスに詰め寄られたラティナさんは、顔を引き攣らせながら一歩引いた。

それを見たマックスがハッとした顔をして距離を取る。

「ご、ごめん……」

「い、いえ……」

女の子に近付き過ぎたことに顔を赤くして謝るマックスと、近寄られ過ぎて赤くなっているラティナさん。

……なんだろう。

なんか、イラッとする光景だな。

「とにかく、明日からよろしくね！」

ちょっと強引だけど、無理矢理話を終わらせて、この場を解散させることができた。

そうしてまた馬車に乗ってホテルに帰るんだけど、行きと同じようにラティナさんとお兄さんもまた一緒の馬車に乗り込んだ。

「あれ？　ラティナさんたちもホテルに帰るの？　実家とか帰らなくていいの？」

せっかく里帰りしているんだから実家の両親に顔を見せてあげればいいのに。

そう思って聞いたのだが、ラティナさんは小さく微笑んで首を横に振った。

「元々この帰郷は予定外のものだったんです。当分実家には戻らない予定でしたし、なにより皆さんと同じ宿舎に泊まって同じ時間を過ごしたいと思ったんです」

ラティナさん！　なんていい娘なんだ！

「そっか！　そういうことなら全然問題ないよ。私もラティナさんと一緒にお泊まりできて嬉しい！」

「はい！」

こんないい娘にイラつくなんて、しちゃいけないよね。

……そういえば、なんでイラついたんだろ？

まあ、よく分かんないからいいか。

そして翌日、私たちはヨーデン国立魔法学校を訪れ、そこの魔法実習室に案内された。

するとそこには、すでにヨーデンの生徒たちが勢揃いしていた。

「おはようイリスさん」

「おはようシャルさん」

私がイリスさんと挨拶をすると、ヴィアちゃんも一緒に挨拶した。

「皆さま、おはようございます」

そう言って優雅にお辞儀するヴィアちゃん。

その所作に、イリスさんたちは一瞬見惚れていたけど、すぐに挨拶を返してくれた。

特に過剰な反応はなく、これなら皆と普通に授業が受けられると、内心ホッとした。

しばらくイリスさんたちと談笑していたんだけど、そこで私はあることに気付いた。

「あれ？　ポンス君は？」

私が訊ねると、イリスさんはちょっと困った顔をした。

「実は、カフーナ君、今回のこと辞退しちゃったの」

「え⁉」

辞退⁉

え、だって、ポンス君ってヨーデン国立魔法学校の優秀者なんでしょ？

それが辞退⁉

確かに、昨日は大層な恥を掻いていたけど、辞退するようなことか？

もしかしたら、別の原因かもしれないし、昨日会ったばかりの他人の事情に踏み込んでもしょうがないから、それ以上は聞かないことにした。

またヴィアちゃんに絡まれても面倒だしね。

そうこうしているうちに時間になったようで、昨日も会ったラルース先生がミーニョ先生と一緒に教室に入ってきた。

「おはようございます。皆さん、もう全員揃っていますね。それでは、今日の予定についてお話ししたいと思います」

ラルース先生は、そう言って今日の予定を話してくれた。

まず、私たちに変成魔法を教える。

その際のサポートをヨーデンの生徒たちがしてくれるとのこと。

そして、ある程度時間が経てば今度は交代。

イリスさんたちヨーデンの生徒に、魔力制御量増加の練習をしてもらう。

私たちアールスハイドの生徒は、それのサポートだ。

魔力制御量の増加訓練を行うとラルース先生が告げた途端、イリスさんたちが激しく動揺したのが分かった。

顔が青白くなり、明らかに恐怖を抱いている。

「わ、私たちが魔力制御量増加の訓練を受けるなんて聞いてません！」

青い顔のまま激しく拒絶するイリスさん。

やっぱり、ヨーデンでは魔力量の増加訓練は暴走と直結しているから恐怖の対象なんだな、と改めて思った。

「皆さん、静かに。ヨーデンの皆さんが怖がるのも無理はありません。正直、私も怖い。しかし、今回はアールスハイド側からそれを克服するための魔道具をお借りすることができました」

ラルース先生はそう言うと、ミーニョ先生に視線を向けた。

ミーニョ先生はその視線を受けて小さく頷くと、異空間収納を開き、中から人数分の腕輪を取り出した。

「これは、シン様が作り出し、今では北大陸の魔法使いに着用が義務付けられている腕輪だ。この腕輪は、魔力制御に失敗して暴走する直前で、魔力を安定させてくれる魔道具になっている。これを着けている限り、魔力暴走という事故は起こり得ないので安心してほしい」

ミーニョ先生がそう言うと、イリスさんたちは唖然とした顔になっていた。

この魔道具に驚いたのかな？

「い、異空間収納……」

「あの、伝説の……」

「じ、実在したのか⁉」

あ、そっち？

そういえば、ラティナさんが異空間収納の魔法を習得できたときの喜びようと、妹に先を越されてしまったお兄さんの嘆き(なげ)ようは記憶に新しい。

最初に見た異空間収納のインパクトが強すぎて、腕輪のことにまで意識が行ってなかったみたい。

「え？　ちょっと待って？　暴走しかかってる魔力を安定させる魔道具？　そんな夢みたいな魔道具なんて存在するの？」

お、ようやくイリスさんの意識が腕輪にまで到達した。

「まあ、確かに驚くのも無理はない。私もかつて、この魔道具が発表された際は同じような感想を持ったものだ。まるで夢の魔道具だと。しかしこれは現実だし、北大陸ではすでに一般的なものだ」

「こ、こんな魔道具が一般的……」

「そうだ。その証拠に、ここにいるアールスハイドの生徒たちにとっては、小さいころからあって当たり前のものなので、これが凄い魔道具だということすら認識していない」

うん。全然意識したことなかった。

他の人たちも同じだったようで、ミーニョ先生に向かって頷(うなず)いている。

それを見たヨーデンの生徒さんたちは全員唖然(あぜん)としている。

「そ、そんなに国力に差があるのね……そりゃ、大人たちが必死にご機嫌を取ろうとするわけね」

イリスさんは諸々(もろもろ)納得がいったと言わんばかりに頷いた。

「えー、今回、本来なら君たちはアールスハイドの生徒さんたちのサポートで終わるはずだったのですが、特使であるウォルフォード殿の好意により、学生にも魔力制御量増加訓練を受けさせ攻撃魔法を教えればどうかと提案があったのです」

「特使様の……」

イリスさんはそう呟くと、私の方を見た。

あ、はい。特使様の娘です。

「そういったシン様のご提案があったので、本来私も引率だけの予定だったのだが、君たちに授業を行うことになった。急な変更ですまないがよろしく頼む」

ミーニョ先生がそう言うと、ヨーデンの生徒たちは慌てて頭を下げた。

「い、いえ！　ちょ、ちょっと……いえ、まだかなり怖いですけど……せっかく教えてもらえるのだから、頑張って勉強します！　よろしくお願いします！」

頭を下げながらイリスさんがそう返した。

「うん。それで、両方の授業が終わったら、ウォルフォード殿が指導している兵士たちの訓練に合流してもらうから」

「へ、兵士たちの訓練にですか⁉」

「うん。合流する前は魔力量増加訓練を、合流してから攻撃魔法を教えるらしい。ウォルフォード殿は、北大陸では魔法使いの王という『魔王』の称号で呼ばれている御人だ。そんな方から魔法を教われるのはとても名誉なことなんだよ？」

「そうです。私だって御教授を受けたことはない。君たちが羨ましいよ」

ミーニョ先生の言葉はリップサービスではなく本心だ。

メッチャ羨ましそう。

「そう、ですか。魔王……」

イリスさんはそう言うと、私を見た。

あ、はい。魔王の娘です。

「それと、午後からはウォルフォード殿の奥様であるシシリーさんに同行して病院に行ってもらう」

ラルース先生の言葉に、ヨーデンの生徒たちに動揺が走る。

「びょ、病院？」

あれ？　これは聞いてないのかな？

「ああ。シシリーさんは類いまれな治癒魔法の使い手らしくてな。アールスハイドでは聖女様と呼ばれるほど民に慕われているらしい。今回、病院で治癒魔法を実践することで、治癒魔法の有用性を示し、この魔法を覚えたいと思ってもらえるように生徒たちを同行させたいのだそうだ。ちなみに、カサールはアールスハイドでシシリーさんから治癒魔法の手解きを受けているそうだ」

「ラティナが⁉」

イリスさんが驚いてラティナさんを見る。

ラティナさんは、ラルース先生に向かってニッコリ微笑んだ。

方です」

「ラルース先生。シシリー様、もしくは聖女様とお呼びください。それほど素晴らしい

「あ、うん。ごめん」

「いえ」

ラティナさんはそれだけ言って口を閉じた。

いやあ、ラティナさんはすっかり聖女信者になっちゃったなあ。

治癒魔法を教えてくれる先生として慕っているんじゃなくて、聖女様に心酔しちゃってる感じがする。

「聖女様……」

イリスさんはそう言って私を見た。

あ、はい。聖女の娘です。

「……ねえ」

「なに？」

「もしかして、殿下よりシャルさんの方が凄いんじゃない？」

「……凄いのはパパとママであって、私じゃないから」

イリスさんの言葉に、私は思わず不機嫌な態度でそう言ってしまった。

……私、感じ悪い。

そう思ったのだが、イリスさんはなぜかフッと笑った。

「シャルさんが、親の力を自分と力と勘違いする嫌な人じゃなくて良かった。今日から頑張ろうね」

「！　う、うん！　がんばろ‼」

うう、イリスさん、メッチャいい人だ。

最初に絡んできたのは何だったんだ。

ポンス君の呪縛から解き放たれていい人になったんだろうか？

まあ、それはともかく、今日からの授業がますます楽しみになってきたぞ！

「それじゃあ、まずはアールスハイドの生徒さんたちの魔力制御を見せてもらえるかな？」

ラルース先生の言葉を聞いた私は、先生に質問をした。

「あの、私たち一度ラティナさんに変成魔法を見せてもらったことがあるんですけど、そのときは魔力を多く集めるのではなく、少なくても精密な制御をしていました。私たちもそうするべきですか？」

私のその質問に、ラルース先生は少し驚いた顔をした。

「おや、すでに変成魔法を見ていましたか。皆さんがどれくらいの量の魔力を制御できるのか見て、そんなに必要ないよと言うつもりだったのですが」

「ええ⁉」

じゃあ、さっきの言い方はわざと？

はっはっはと笑うラルース先生は、少し、いや大分悪戯好きな先生のようだ。

「それで、ウォルフォードさんの質問ですが、その通りです。魔力の量は必要ありませんので、少ない魔力でもどれくらい精密に制御できるのか見せてもらえますか？」

ラルース先生から具体的な指示が出たので、私たちはその指示通りに魔力を制御し始めた。

ただ……最近この練習もしてるんだけど、これメッチャ難しいんだよね。

量を集めるだけだったらなにも考えずにできるんだけど、少ない魔力を精密にって言われると途端に難易度が上がる。

皆で四苦八苦しながら魔力制御をしていると、ラルース先生が「はい、止めていいですよ」と声をかけた。

かなり四苦八苦してたからどんな評価になるのか戦々恐々としていたのだけど、ラルース先生から出た言葉は意外なものだった。

「いやはや、皆さん魔力の精密制御も中々のものですね。そこまで制御できるのはウチの学校にもそうはいませんよ」

「本当ですか⁉」

「ええ。それだけ制御できるなら十分変成魔法を使えるでしょう」

「やった！」

魔力の精密制御ができなかったら、日がな一日その練習ばっかりさせられるのかと思ってたから、合格を貰えたのは凄く嬉しい。

「さて、それでは早速変成魔法の練習をしていきましょうか」

先生はそう言うと、私たちの前に金属の塊を一人一つずつ置いた。

「これは銅の塊です。変成魔法の練習は、まずこの銅を使って行うのです」

先生の説明を皆で真剣に聞く。

「先ほど制御した魔力を、この銅全体に行き渡らせるように纏わせます。あとは、この銅をイメージ通りに変成させるように魔力を動かすのです。なので、魔力制御には精密さが必要になるのです」

はあ、なるほどね。

大雑把（おおざっぱ）な魔力制御だと、対象に行き渡らないってことなのか。

「原理自体は簡単です。あとは、実際にやってみて少しずつ慣れていきましょう。では皆さん、一人ずつサポートに回ってください」

『はい』

ラルース先生の指示で、イリスさんたちが一人につき一人付いてくれることになった。

「イリスさん、よろしくね」

「ええ。ビシバシいくわよ？」

「ええ？　優しくしてよう」

「貴女たち、一週間しかいないんでしょ？　その間に覚えようと思ったら厳しくいくに決まってるじゃない」

「ちぇ」

私のサポートはイリスさんだ。

パーティーを通じて仲良くなっていたので、これは嬉しい。

他は？　と周りを見てみると、ヴィアちゃんには別の女子生徒が付いていた。

「よろしくお願いしますわね」

「ひぁ、ひゃ、ひゃい！　よ、よろしゅくおねぎゃいしましゅ‼」

……ヴィアちゃん担当の子、可哀想なくらい緊張してる……。

王女様なんてヨーデンの人にとっては物語の中にしか登場しない人物だからね。

緊張するなって方が無理か。

まあ、数日一緒にいて、ヴィアちゃんが怖くないと分かったら慣れてくるでしょ。

他も見てみると、男子には男子が、女子には女子が付いていてくれている。

……ただ一人の例外を除いて。

「ごめんねラティナさん。本当だったら全体のサポートだったんでしょ？」

「カフーナ君が辞退しちゃったからしょうがないですよ。気にしないでください」

そう、男子であるポンス君が辞退してしまったので、こちらの男子一人の担当がいなくなってしまったのだ。

そこで、急遽全体のサポートをするはずだったラティナさんがマックスの担当になった。

まあ、アールスハイドでは同級生だし、知らない仲じゃないから問題ないんだろうけど……。

なんだろうな、マックスのだらしない顔を見ていると、意味もなくイライラしてくるな。

「ちょっと、鼻の下伸ばしてないで真剣にやりなさいよ」

「は、はあっ⁉　伸ばしてねえよ！」

「ふーん、どうだか？」

「てめ……」

「ほらほら、喧嘩している時間はありませんよ。では、早速始めましょう」

私とマックスの言い合いが起こる前にラルース先生に止められ、そのまま変成魔法の実習が始まった。

変成魔法を試して感じたことは……これ、メッチャ難しい‼

銅の塊が動くのは動くんだけど、全然思い通りに動いてくれない。

そもそも金属である銅が形を変えるっていうことだけでも凄いことなんだけど、思い通りの形にならないと全然意味がない。

ただ、物体が形を変えただけになっちゃう。

「ふぬっ！　くっ！　このっ！」

「ああ、シャルさん。力入りすぎ。そんなに力んでも変わらないわよ」

「そ、そっか。ふー……」

「……今度は力抜きすぎ。魔力が散り始めてるわ」

「む、難しい……」

「力を込めるんじゃなくて、魔力を精密に動かす感じよ」

「こ、こう？　あ！　ちょっと思い通りに動いたかも⁉」

「……ええ、そうね」

なんだかイリスさんの視線に諦めが入っている気がする……。

他の皆はどうなんだろう？　と思って周りを見回すと、大体私と同じような感じになっている。

ヴィアちゃんは銅が自分の意図しない形に変成されていき、「あら？　あら？」と首を傾げている。

アリーシャちゃんも「くっ！　この！　言うことを聞きなさい！」と、なぜか銅に向かって怒っている。

デビーとレティ、ハリー君とデビット君も同じ感じで、思うように変成できていない。

レインに至っては最早前衛芸術みたいな形になっている。

本人はなぜか満足そうだ。

そして、ここでもただ一人、例外がいた。

「……凄いですねマックス君。初めてでこんな繊細な加工ができるなんて」

「はは、実家で嫌というほど金属に触れているからね。魔力を通すと金属のことが手に取るように分かる。これは、俺向きの魔法だな」

そう、マックスは最初から凄く精密な模様のついた腕輪に銅を変成していた。

これ、変成魔法を使わずに加工したら一体どれくらい時間が掛かるんだろう？　っていうくらい精密な模様を、この短時間で作ってしまった。

凄い……マックスって変成魔法に才能があったんだ。

初めてでそこまで成功したマックスに、ヨーデンの生徒たちも驚きを隠せない様子で、口々にマックスのことを褒めていた。

魔法に関して、今までマックスに負けたことはなかった。

けど、今ハッキリとマックスに負けた。

それが悔しくて、負けるものかと再度銅に向かって魔力を放出した。

「ちょっ！　シャル！　魔力込めすぎ！」

「え？」

わっ！

なんか銅が変な動きしてる！

「ウォルフォード！　すぐに魔力を切れ！」

「わ！　わわわ！」

ミーニョ先生の指示に従って魔力を切ろうとしたけど、間一髪で間に合わなかった。

「「わあっ‼」」

魔力を込めすぎた結果、銅が爆散した。

やばい！　金属片が飛んでくる！

と覚悟したが、一向に銅の破片が飛んでくることはなかった。

なんで？　と思って恐る恐る顔を上げると、そこには私の銅を障壁で包み辺りに爆散しないように抑え込んでいるマックスがいた。

「ふぅ……間に合った」

障壁の中の銅が机に落ちるのを確認したマックスは障壁を解除しながら私を見た。

し。

「シャル！　お前、なにやってんだ！　危うく皆に大怪我させるとこだったんだぞ！」

「ご、ごめん……まさかこんなことになるとは……」

これはまさに想定外の事態だった。

ラルース先生からも、魔力を込めすぎると物体が爆散するなんて注意事項はなかった

しかし、たとえ知らなかったとはいえ皆を危険に晒したことは事実。

なので、私はヨーデンの生徒とアールスハイドの皆に向かって頭を下げた。

「危ないことをしてすみませんでした……」

そう言って頭を下げるが、ラルース先生を始めとしたヨーデン組からなにも言葉が返ってこない。

呆れて物も言えないのかな？　と思って恐る恐る顔を上げてみると、なぜか皆驚いた顔をしていた。

……これは、どういう感情なんだろう？

とにかく、なにか言ってくれないかな、と思っていると、ラルース先生がようやく口を開いた。

「……変成魔法使用中に魔力を込めすぎると爆散するんですね……知りませんでした」

……先生も知らなかったのか。

「ま、まあ、幸い怪我人もいませんし、誰も知らなかったということで、これは事故ということにしましょう」

ラルース先生の温情で、私はお咎めなしになったようだ。

はぁ……なんだろうな。

初めて魔法で上手くいかなかった気がする。

そのことに落ち込みつつも、残りの時間は絶対に魔力過多にならないように細心の注意を払ったからなのか、魔力制御がより精密になり、結果としてある程度自分の思い通りに変成できたのは、喜んでいいのやら……。

そんな感じに、私たちアールスハイド組の初めての変成魔法の授業は終了したのだった。

私たちの変成魔法の授業の次は、ヨーデン組の魔力制御量増加の授業だ。

すでにイリスさんたちには魔力制御用魔道具が配布され、腕に装着されている。

ヨーデンの魔法使いは、イリスさんたちに限らずラルース先生すら魔力量を増やす練習をしない。

とにかく魔力が暴走することを恐れていて、上限を増やすということにかなりの忌避感があるからしょうがない。

なので、この魔力制御量増加の授業にはラルース先生も参加することになった。

授業するのは、もちろん我らの担任教師ミーニョ先生だ。

「えー、それでは魔力制御量増加の授業を始めよう。魔力制御の腕輪は問題なく装備されているな」

『はい』

「よし。それでは授業を始めたいのだが……まずは、この腕輪が本当に魔力を暴走させないように制御できるのか不安があると思う。そこで、誰かわざと魔力暴走を起こしてくれないか？」

ミーニョ先生がそう言うと、ヨーデンの生徒たちは真っ青になった。

気の強いイリスさんでさえ顔が青い。

これは、この最初が一番時間がかかるんじゃないかな？

そう思っていると、ラルース先生が一歩前に歩み出た。

「生徒たちを危険に晒すわけにはいかないから、それは私がやりましょう」

「まあ、本当に危険はないのですが、生徒を守ろうとするその気概は称賛されるべきものです、先生。それでは、早速ですが魔力を集められるだけ集めてください。特に繊細に制御しようとは思わないで結構です」

誰よりも真っ先に名乗りを上げたラルース先生のことをミーニョ先生が褒め称える。

いや、本当にいい先生だよねラルース先生。

見た目はちょっとぽっちゃりで、頼りなさそうな感じなのに。冗談も好きだしノリが軽いのに、誰よりも生徒たちのことを考えている。

そんなラルース先生は、一度深く深呼吸し、両手を前に突き出した。

ヨーデンの生徒たちが息を呑むのが分かる。

そして……。

……。

…………。

……………。

いや！　やらないんかい！

中々魔力制御を始めないラルース先生にツッコミを入れようとして、寸前で思い止まった。

なぜなら、先生の顔は真剣そのもので、物凄い脂汗を掻いていたから。

多分……今、物凄い恐怖心と戦っているんだろう。

変なツッコミは入れるべきじゃない。

私たちまで思わず息を呑んで見守っていると、ようやくラルース先生が魔力を集めだした。

その量は徐々に大きくなっていき……やがて限界を超えた。

「‼」

ラルース先生の顔は恐怖で一杯だったが、それでも魔力制御を止めることはなかった。

そして、暴走する！　と思われた瞬間、魔道具が起動し、暴走しかかった魔力を安定させた。

その様子を、ラルース先生は呆然とした顔で見詰めている。

ヨーデンの生徒たちも、ラルース先生と同じような顔で先生の集めた魔力を見ていた。

「どうですか？　これが魔力制御の魔道具です。これがあれば、魔力暴走の危険なく練習できるでしょう？」

ミーニョ先生がラルース先生にそう言うと、ラルース先生はようやく我に返り、ミーニョ先生の両手を握りしめた。

「ミーニョ先生！　この魔道具は素晴らしいです！　皆！　身をもって体験した私が保証しよう！　この魔道具があれば、魔力暴走の危険は一切ない！」

ラルース先生の言葉に、ヨーデンの生徒たちは頼もしいものを見る目で腕輪を見ていた。

「いや、素晴らしい勇気でしたラルース先生。これで滞りなく授業を進められます」

ミーニョ先生がラルース先生の勇気を褒めると、ラルース先生は照れ臭そうに頭を掻いた。

「さあ、これでこの授業に危険がないことは分かっただろう。それでは、さっきのパートナーのままで、サポート役を交代して練習しよう。準備はいいか？」

『はい！』

ミーニョ先生からの確認に、全員が声を揃えて返事をした。

「よし。それでは始め……」

「あ、あの、先生」

ミーニョ先生が開始を宣言しようとしたのだが、その台詞を途中でラティナさんが遮った。

「うん？　どうしたカサール」

「あの。私はすでにこの授業を受けているので今やる意味はないと思うのですが……」

あ、そういえばラティナさんとマックスはパートナーだった。

ラティナさんには教える必要がないということは、マックスもやることがないってことだ。

「そうだったな。では、カサールとビーンは全体のサポートに回ってくれ。私はラルース先生のサポートに入るから」

「「はい。分かりました」」

こうして、ラティナさんとマックスが全体を見回りながら魔力制御量増加の授業は進んでいく。

「わっ！　また暴走しかけた」

イリスさんは、ラルース先生の捨て身の実験のお陰で、臆(おく)することなく魔力制御をしている……んだけど、信頼が強すぎて何回も暴走しかかっている。

「ふう……危なかった」

「ねえ、イリスさん、ちょっといい？」

「ん？　なに？　なんかアドバイス？」

「うん、そう。実はさ、イリスさん。魔力制御に失敗して暴走する……ってことを繰り返しても魔力量は増えないよ？」

私がそう言うと、イリスさんは「え？」という顔になった。

「うそ、それじゃあ、今まで何回も暴走しかけていたのは……」

「……まあ、この魔道具の実力を真っ先に知ることができたということで」

思い違いをしていたイリスさんに真実を告げると、イリスさんは少し落ち込んだあとすぐに復活した。

「えっと、それじゃあどうするの？」

「暴走しない上限を見極めるの。そうやって徐々に制御できる上限を伸ばしていくと、制御できる魔力量が増えるの」

「へえ、そうなのね？　えっと、上限上限……」

私がアドバイスをすると、イリスさんはブツブツ言いながらまた魔力制御を始めた。

基本的にはミーニョ先生が皆のところを回って適宜アドバイスをしていく。

さすがに本職の教師だから教えるのが上手い。

私たちは、そのミーニョ先生のアドバイスに従い、ヨーデンの生徒たちのサポートをしているのだ。

あと、ラティナさんとマックスは行き詰まっている人がいたらミーニョ先生に報告する係になっている。

お陰で、効率よく練習ができるようになっている。

「あっ！　また上限超えた！」

「焦らなくていいよイリスさん。本来魔力制御って、毎日少しずつ増やしていくものだから。急に増やそうと思っても失敗ばっかりして逆に効率悪いよ？」

「うぅ〜、もどかしいなあ」

「はは、それ、よく分かる」

私の近くには、パパ、ママ、お兄ちゃんがいるから、自分の魔力制御量がどうしても少なく思えてしまう。

魔法を習い始めたころは、はやく三人みたいになりたくてイリスさんみたいな失敗をたくさんした。

そのお陰で今こうしてアドバイスできてるんだけど、イリスさんの焦る気持ちはよく分かる。

こうして地味な魔力制御の練習を時間になるまで続けた。

そして、初めての授業が終わったあと、イリスさんから思いがけないお願いがあった。

「ねえ、シャルさんたちってどれくらいの魔力を制御できるの？　もし良かったら参考までに見せて欲しいんだけど」

それはヨーデン側の総意だったようで、皆ウンウンと頷いている。

ミーニョ先生を見ると、先生も頷いているので皆で魔力制御を見せることになった。

周りと距離をおき、魔力制御を発動させる。

『‼』

私は目を閉じて集中しているので、ヨーデン組がどんな表情をしているのかは分からない。

とにかく、今自分にできる最大値まで魔力を集め、制御していく。

そうしていくと、制御し切れず魔力が揺らぎ始めた。ここが限界点だ。

その揺らぎを安定させるように制御に集中し、しばらく経つとその揺らぎを制御することができた。

また少し、制御量が増えたぞ。

魔力が安定したのでそれ以上の拡張は行わず、私は魔力制御を解いた。

集中を解いて小さく息を吐き、目を開けて周りを見ると、魔力制御を終わらせたのは私が最後だったみたいで、皆が私を見ていた。

ヨーデン組は皆、口が半開きになって呆然とこちらを見ている。

「えっと……私、なんかした？」

少し呆れた顔をしてこちらを見ているヴィアちゃんたちにそう訊ねると、ヴィアちゃんが苦笑しながら口を開いた。

「シャル、貴女また魔力制御量が伸びたのですね。私たちの誰よりも魔力を制御していたのですから、ヨーデンの皆さんが驚かれるのも無理はありませんわ」

私の魔力制御が他の人より多かったから驚いていたのね。

そっか、そっか。

ヴィアちゃんの言葉に、少し得意になっていると、ヨーデン組が声を揃えて叫んだ。

『いやいや！　殿下たちも大概でしたから‼』

「あら？」

イリスさんたちの話を聞くと、私のことじゃなくて私たち全員の魔力制御量に驚いてしまったとのこと。

正直に言うと、制御されている魔力が大き過ぎて、私が皆より多く魔力を制御できていたとか分からなかったとのこと。

あ、そうなんですね。

ちょっと得意になってしまった自分が恥ずかしい……。

「いやはや、アールスハイドさんは凄まじいですな。もしかして、ミーニョ先生はこれ以上にできるのですか？」

ラルース先生が拍手をしながらそう言うと、ミーニョ先生が少し照れていた。

「まあ、これでも元魔法師団員ですからね。学生たちよりも魔力制御量は多いですよ」

ミーニョ先生がそう言うと、イリスさんたちは途端にミーニョ先生のことを尊敬の眼差しで見詰め始めた。

「いやいや、私など全然まだまだで上には上がいるのです。生徒の関係者で言うと、ビーンの両親も相当ですし、殿下の御父上であらせられる国王陛下は人類二位の魔法使いです」

「人類二位……え？　二位？」

国王様なのに二位っていうのが気になったのか、イリスさんが首を傾げている。

それを見たミーニョ先生は、苦笑しながら疑問に答えた。

「一位はブッチギリでシン様です。あれは本当の規格外。御本人は否定されていますが、私は本当に神様から遣わされた神の使徒様だと思っています」

あぁ、やっぱりミーニョ先生もパパの信徒だったか。

パパは完全に否定しているんだけど、創神教の神子さんを中心にパパが神が遣わした使徒様だという話が浸透している。

なので、一般の人はパパのことを呼ぶ際に「魔王様」と呼ぶけど、教会関係者やイース神聖国の人たちは「使徒様」と呼ぶことが多い。

魔王は「魔法使いの王」っていう意味だから、ぜひとも跡を継ぎたいんだけど「神の使徒」っていうのは、継ぎたくて継げるものじゃない。

まあ、さすがにそんな名前で呼ばれたくはないからいいんだけどね。

「ですので、普通の人間という枠の中であれば、国王陛下であらせられるアウグスト様が人類の一位ということになります」

「はぁ……国王様は世界最強なんだ……」

まあ、普通王様って皆に守られる立場なので自分が最強である必要はない。

おじさんの場合は特殊な事情により、強くなれる素質があり、強くならざるを得なかった。

それだけのこと。

実際、今はオーグおじさんが自分の力を発揮することはない。

あるのは、ヴィアちゃんやノヴァ君にお仕置きをする時くらい。

……その魔法の使い方もどうなんだろう？

「さて、これで両方の授業は終わったな。これで午前の授業は終了だ。昼ご飯を食べたら、そのシン様が指導されている訓練場に行き、攻撃魔法の合同訓練を行う予定た」

ミーニョ先生がこの後の予定を話すと、ヨーデン組がまた驚きの声をあげた。

「攻撃魔法の訓練もするんですか⁉」

「ああ。昨日シン様と大統領で話し合って決めたらしい。君たちには将来この国を背負っていってもらわないといけないと言ってな」

そう言われてイリスさんたちは真っ青になっている。

そりゃそうか。

攻撃魔法を忌避していたのに急に攻撃魔法を教えると言われて、さらに将来この国を背負っていってもらいたいなって激重な発言まで聞いた。

十五、六歳の私たちが聞いて青くならないわけがないよ。

「さあ、それでは訓練の前に腹ごしらえだよ。昼食は学校の食堂で食べられるように手配してあるから移動しようか」

そう言うラルース先生のあとに続き、私たちは食堂に向かって歩き出した。

どんな料理が出るのか楽しみでキャッキャ言っている私たちとは対照的に、ヨーデン組はまるでお葬式に参列しているみたいに暗い顔をしてドンヨリしていた。

……パパの思い付きはいつものことだから、頑張れ！

「お、来たな」

私たちがヨーデン軍の訓練施設に到着すると、パパが出迎えてくれた。

別に体力を使う訓練をしていたわけではないので、軍の人たちは疲れていたりしないはずなのだけど、なぜかグッタリしている。

どうした？

「ねえ、パパ。なんで兵士さんたちあんな疲れてるの？」

ちょっと気になったのでパパに聞いてみると、パパは苦笑しながら教えてくれた。

「いや、午前中ずっと魔力制御量増加訓練をしてたんだけど、終わったあとにパパがどれくらい制御できるのか見たいって言われてね」

「あぁ……」

パパの魔力制御見たのか。

ここは学校とは少し離れているから気付かなかったけど、近くにいたらイリスさんたちも同じようになってたかも。

私たちの魔力制御を見ただけであんなに唖然としてたんだもの、パパの魔力制御なんか見たら魔力に中てられちゃう。

兵士さんたちもパパの魔力に中てられたんだろうな。

「それより、皆集まったな。それじゃあここから攻撃魔法の訓練を始めようか」

パパがそう言うと、兵士、学生を含めたヨーデン組の顔色が変わった。

真剣になった……のではなく、青くなったのだ。

学生だけじゃなくて兵士さんたちも怖いのか。

そんなヨーデン組を見て、パパはフッと笑みを浮かべた。

「やっぱり、怖いかい？」

パパがそう訊ねると、しばらく俯いていたヨーデン組だったが、意を決して顔を上げ、パパを見つめた。

「いえ！　大丈夫です！　これは国を、国民を守るために必要なこと！　是非、御教授をお願いします!!」

兵士さんの一人がそう言って頭を下げると、周りにいた兵士さんも学生も一斉に頭を下げた。

「うん。分かった。じゃあ、今から攻撃魔法を教えるよ。というわけで、アールスハイドの学生諸君、これから全員で的に向かって魔法を撃ってくれるかい？」

パパはそう言うと、少し離れた場所に魔法で地面を盛り上がらせ、的を作った。

うわ、今、魔力制御から発動まで一瞬でやったぞ。

ミーニョ先生がパパは規格外だって言った意味が、今になってよく分かる。

子供のころは、単純に「パパ凄い」としか思ってなかったから。

ヨーデン組には今のパパの魔法の凄さが分からないのか、あまり反応はなかった。

まあ、それよりも、だよ。

「ねえパパ、なんで私たちが魔法を撃つの？　パパがやった方が絶対凄いじゃん」

攻撃魔法のお手本でしょ？　それならお手本はパパ一択でしょ。

そう思ったのだがパパは首を横に振った。

「いやいや、シャルたちがやることに意味があるんだよ。シャルたちはまだ子供で、魔法を習い始めてから日が浅い。それでも、これだけ魔法が使えるんだと見せることが大事なんだ」

日が浅いって……これでも十歳のときからだから五年は練習してるのに。

……まあ、パパと比べたらそう見えるか。

「分かった。アレに魔法を撃てばいいのね？」

「そう。魔法は何でもいいからね。あ、爆発系はやめろよ？」

ぎくっ。

実は爆発魔法を撃って皆の度肝を抜いてやろうとか画策していました。

「あ、あはは。そんなの分かってるよ」

「……釘を刺しておいてよかった。それじゃあ皆、これからこの子たちが攻撃魔法を撃つから、よく見ておくように」

『はい！』

いつの間にか、イリスさんたち学生までパパの指導下に入っている。

さすがにここでは教師であるミーニョ先生も出番なしだ。

「よーし、準備はいいか？　それじゃあ……放て！」

パパの号令と共に、私たちは一斉に的に向かって魔法を放った。

炎の魔法、水の魔法、風の魔法、土の魔法、雷の魔法、ありとあらゆる魔法が的に向かって飛んでいき、大爆発を起こす。

やばっ！

皆で一斉に魔法を放ったことなんてなかったけど、こんなことになんの⁉

魔法着弾の余波がこちらに向かってくるが、想定外だったので防御がなにもできてない。

「‼」

来るべき衝撃に備えて身体を固くするが、一向に衝撃がこない。

「？」

どうしたんだろうと思い、恐る恐る目を開けてみると、私たちの前からヨーデン組の前まで、まるで城壁のようにパパが障壁を展開していた。

「さて、どうかな？　彼らは高等学院の一年生。まだ十五歳とか十六歳の子たちだ。それでもあれだけの魔法を行使できて、ちゃんと制御もできてる。子供にできることが大人である君たちにできないわけないよね？　それと学生たち。君たちと歳の変わらない子たちでもあれだけできる。君たちができない理由はないよね？」

パパはヨーデン組に向かってそんなことを言っているけど、ちょっとこの状況をよく見て！

ヨーデンの人たち、パパの障壁に釘付けで全然話聞いてないよ！　気付いて！

「す、凄い……これが攻撃魔法……」

「これが……これがあれば、竜にも対抗できる……！」

「そっち⁉」

またパパの魔法の凄さに気付いてないじゃん！

こんなに凄い魔法なのに！

……もしかして、魔力制御量が少ないなら、魔力障壁とか見たことないんじゃ……。

それならパパの障壁に目が行かず、私たちの攻撃魔法に目が行ってしまうのも理解できる。

「さて、今学生たちは無詠唱で魔法を撃ったけど、もしイメージが難しいようなら詠唱してもいいですよ。その辺はご自由に。さて、それじゃあ早速攻撃魔法を撃ってみようか。大人の人から的の前に移動してね」

あ、そういえば、私たち全員で魔法を撃ったから、的は壊れてるんじゃ。

そう思って的を見ると……。

「え？　傷一つ付いてない……」

私が思わずそう呟くと、ヴィアちゃんたちも的を見た。

「私、結構全力で撃ちましたのに……」

「私もです……」

ヴィアちゃんとアリーシャちゃんは自信があったのか、傷の付いていない的を見て、ちょっと落ち込んでいる。

「さすがシンおじさんだな。あんな簡単に作った的まで規格外かよ」

マックスの言葉には誰も反論はないようでウンウンと頷いている。

でも、ヨーデンとアールスハイドで魔法に対して驚く箇所が違うのは面白いな。

ヨーデンの人たちは攻撃魔法に驚いて、パパの魔法の凄さには全然気付いてない。

反対に私たちは、パパがこの短時間にどれだけ凄い魔法を行使したのか気付いている。

当の本人は、本当に何の気なしにやっているのがまた凄い。

ヨーデンの人たちが必死に攻撃魔法を撃とうとしているのを見守っているパパのことを見ながら、頂上は遠いなあと、皆で改めて認識した。

「アールスハイドの生徒たち！　暇ならこっちに来て攻撃魔法のアドバイスをしてやってくれないか？」

皆でパパのことを見ていると、そうお声がけされた。

「うん！　分かった！」

さっき尊敬し直したパパからのご指名なので、皆張り切って攻撃魔法の指導に向かった。

やはり、今まで攻撃魔法に一切触れてこなかったのでイメージするのが難しいらしく、改めて攻撃魔法を撃ってイメージしやすいようにしたり、攻撃魔法を使う際に気を付けていることとかを兵士さんたちに話した。

結局、兵士さんたちの中で攻撃魔法に成功した人は誰も出ず、生徒たちと交代することになった。

その方がより親密になるしね。

ここでのパートナーは学校での練習と同じにした。

ここでも、やっぱり攻撃魔法は成功しなかった。

「うーん、アールスハイドじゃ魔法が使えるようになって攻撃魔法が使えないなんて聞いたことがないから、あとは本当にイメージだけの問題なんだろうな。

うーん。まあ、今日始めたばかりだし、いきなり都合よくできたりしないか。ただ、今日練習を始める前より間違いなく進歩はしているよ。明日もあるから、一緒に頑張ろう」

『はい!!』

こうして、私たちの変成魔法の練習と、ヨーデン組の攻撃魔法の練習が終わったので、これから街へ……。

「よし、じゃあ生徒たちはこれからシシリーの病院巡りに付いて行くぞ」

そうだった。

この後は、ママの病院巡りに行くんだった。

私は本当に付いて行くだけだから、すっかり忘れていた。

レティとラティナさんは楽しみにしていたようで、二人で楽しそうに会話している。

そういえば、ママは午前中パパのアシスタントをする予定と聞いていたけど、今の時間はいなかったな。

どこにいるんだろう？　と思っていると、数人の女性と一緒に現れた。

「ああ、お疲れ様ですシン君。どうですか？　皆さんちゃんとできました？」

「うーん、今日すぐはさすがに無理かな。明日以降ならできそうな人もいたけど」

「そうなんですか。私の方は準備できていますので、早速行きましょう」

よくよく見ると、ママの服はいつものアルティメット・マジシャンズの制服じゃなくて、白いローブみたいな服を着ている。

「ママ、その服どうしたの？」

今まで見たことない服だったのでどうしたのかと聞くと「ああ、これ？」と言ってスカートの端を摘まんだ。

「エカテリーナ様に今回のことをお伝えしたら、服を用意するからそれを着用してと言われたの……変？」

カーチェお婆ちゃんが？

ということは、それ……。

「まあ、おばさま！　そのお姿、まるで物語に出てくる聖女様のようですわ！」

……そういうことだよね。

創神教内で聖女というのは、まあ役職みたいなもので、特別な力はない。

ママの聖女呼びは、民間で自然発生したものだそうで、後追いで創神教が認めたのだそう。

創神教としては、ママの聖女っぷりを喧伝して教会の権威を引き上げたいんだろうなあ。

カーチェお婆ちゃん、教皇様だけど、そういうところ政治家っぽいから。

ともかく、私たちは、聖女様なママと一緒に病院巡りをすることになったのでした。

訓練場をあとにした私たちは、複数台の馬車に分かれて病院を巡ることになっている。

訪れる病院は、すでに政府の方で決められており、勝手にあちこちの病院に行くことはできない。

事前の通知とか準備とかあるからって、ラティナさんのお兄さんは言っていた。

そうして馬車に乗っているのだけど……。

「イリス？　どうして貴女まで乗っているの？」

そう、パパとママ、ラティナさんと私が乗っている馬車に、なぜかイリスさんも乗って来たのだ。

「べ、別に……シャルさんとは、学校とか訓練場とかの練習でパートナーを組んでいるから、ご両親に挨拶するのは当然でしょ？」

うん。

メッチャ言い訳くさい。

多分、今日の会話の内容から、パパとママに興味を持ったんだろうな。

そして、都合がいいことに実習のパートナーは私。

これ幸いと接触してきたのだろう。

「そ、それに！　ラティナはシシリー様に治癒魔法を教えてもらってるんでしょ⁉　ズルイじゃない！」

あ、そっちか。

ラティナさんが幻の魔法と言われた治癒魔法を習っていると知って、悔しくなったんだねえ。

「あら、貴女、治癒魔法に興味があるの？」

ラティナさんとイリスさんの会話から、イリスさんも治癒魔法に興味があると認識したのか、ママがイリスさんに話しかけた。

「あ、は、はい！　えっと、私、イリス＝ワヒナです！　シャルさんとは実習でパートナーを組んでます！　私も、治癒魔法に興味があります！」

イリスさんは、ママの前で緊張しながらもハッキリとそう言った。

「まあ、シャルのパートナー……ねえイリスさん、シャルが迷惑をかけていませんか？」

「い、いえ！　全然そんなことはありません！　むしろ、的確にアドバイスをしてくれて凄く助かってます！」

「そう……」

ママはそう言うと、私の方をジッとみて、フッと微笑んだ。

「シャルも成長しているのね」

「うん。へへ」

「ついこの間まで、どれだけトラブルを起こすのかっていうくらいトラブルを起こしまくっていたのに……」

「……」

否定できない！

ママからの散々な評価を聞いて落ち込んでいるうちに、いつの間にか馬車が病院に到着した。

病院の前では、なんか偉い感じの人が出迎えてくれた。

院長さんだったそうで、挨拶もそこそこに患者のいる病室へと案内された。

まず通されたのは、この病院で一番重症な患者の部屋。

「この病室の患者は、長年肺を患っておりまして……昨日から意識混濁に陥り、意識がなくなりました。もう余命いくばくもありません……」

院長さんの台詞のあと、ママはベッドの側に行き患者さんを見た。

その患者さんは……短く浅い呼吸を繰り返し、今にもその命の火が消えそうに見えた。

死ぬ寸前の病人を初めて見た私は、そのあまりの容貌に思わず恐怖心を抱いてしまった。


しかし、ママの表情には全く変化はない。

穏やかな、慈愛に満ちた微笑を浮かべながら患者さんの家族に声をかける。

「私は、この大陸の遥か北にある大陸から来た治癒魔法師です。今からこの患者さんに治癒魔法をかけたいと思うのですが、よろしいですか？」

微笑みながらそう言うママに、患者さんの家族は懐疑的な表情を浮かべたままだった。

「昨日、院長先生からそういう人が来るっていうのは聞いてましたけど……本当なんですか？　治癒魔法なんて、お伽噺の魔法でしょう？」

今まで見たこともない、伝説やお伽噺としてしか聞いたことがない治癒魔法だ。

患者さんの家族がそう思うのも無理はない。

ママは、その疑念も織り込み済みなのか、全く動揺しなかった。

「初めて見るのであれば不安も大きいことでしょう。しかし、このままではこの方の命はいくばくもない。私も、必ず治せるとは断言できませんが、一縷(いちる)の望みをかけてみてもいいのではないでしょうか？」

ママがそう言うと、患者さんの家族は顔を見合わせたあと、ママに向かって頭を下げた。

「よろしくお願いします」

「はい」

家族からの要望を受けたママは、微笑みから一転、真剣な表情で患者さんに魔法をかけた。

あれは、スキャンの魔法だ。

治癒魔法は闇雲にかけるより、必要な場所に最適な魔法をかけることが重要。

今ママは、その患部の診断をしているのだ。

その診断が終わり、続けてママは患者さんに向けて治癒魔法をかけた。

魔法を行使し続け、ママの額に汗が滲んでくる。

しかし、そんなものには一切構わず、ママは魔法を行使し続ける。

……こんなに長く治癒魔法をかけてるの、初めて見た。

余命いくばくもないって言っていたし、相当重症なんだろう。

本当に治せるんだろうか？

もし失敗したら、ヨーデンに治癒魔法を広めるどころかインチキ呼ばわりされてしまうんじゃ……。

そんなよくない想像ばかりが浮かんできたころ、ママが魔法の行使を止めた。

恐る恐るママの顔を見てみると、小さく息を吐き、真剣だった表情から元の微笑みを浮かべた表情になった。

「治療が終わりました。悪いところは全部治せたと思います。あとは、落ちた体力を戻すように、食事と運動をさせてあげてください」

ママがそう言うと、患者さんの家族は、一斉に患者さんを見た。

患者さんは、さっきまでの死にそうな状況から一転、穏やかな呼吸をし表情も安らかになっていた。

その様子に患者さんの家族が驚いていると、患者さんが目を覚ました。

「……あれ？　体が辛くない……そうか、俺、もう死んだのか……」

患者さんがそう言うと、患者さんの家族の目に涙が溢れた。

「死んでないよ！　アンタはまだ死んでないよ！」

「治ったんだよ！　父ちゃんは治ったんだよ‼」

患者さんの家族……奥さんと息子さんが患者さんに縋りつき涙を流しながらそう叫ん

だ。

言われた方の患者さんは、状況を確認できず目をパチクリさせている。

「治ったってお前……昨日まで死にそうだったんだぞ？　そんな都合のいい話があるわけないだろ」

「それがあるんだよ！　こちらの治癒魔法師様が、アンタのことを治してくださったんだよ！」

「は？　治癒魔法？」

患者さんがそう言いながらママを見る。

すると、ママを見た患者さんが、顔を赤くして固まった。

見惚れたな。

「病巣は治癒しましたので、もう問題ないかと思います。しかし、随分と体力が落ちてしまっているようなので、これからはたくさん食事を取り、適度な運動をして徐々に日常生活を送れるようにしてください」

「え、あ、あの、はい……いたっ！　お前！　なんで抓るんだ‼」

「ふん‼」

ママに見惚れていた患者さんの脇腹を、奥さんが思い切り抓った。

抓ったあとソッポを向いてしまった奥さんだけど、その目には光る物があった。

もしかしたら、こんなやり取りは永遠にできなくなってしまったかもしれなかった。

けど、その未来は覆(くつがえ)された。

厳しい態度を取りながらも、そうできることが嬉しくて仕方ないんだろう。

口元だって、笑わないようにヒクヒクしている。

それは、さっきまでの暗く沈んだ雰囲気からは想像もできないくらい温かなやり取りだった。

「それでは、私はこれで失礼します。あとは病院の方の指示に従ってくださいね」

そう言ってママが部屋を出ようとすると、息子さんが「あ、あの!!」と大きな声でママを呼び止めた。

「父を……父を助けてくださって、ありがとうございました!!」

息子さんはそう言ったあと、深々と頭を下げた。

奥さんも患者さんも、息子さんと同じように深々と頭を下げている。

それに対してママは。

「いえ、これが私の仕事ですので。どうかお気になさらず。お大事になさってくださいませ」

そう微笑みながら会釈をすると、そのまま部屋を出て行ってしまった。

部屋の中では、いつまでも患者さんとその家族が頭を下げているのが見えた。

はぁ……。

凄いのは知っていたけど、あんな死にかけの患者さんまで治せるのか。

そりゃ、アールスハイドで敬愛されるはずだよ。

で、結局、ママがなにをしたのか分からなかったので、治癒魔法師見習いの二人にさっきの魔法について聞いてみることにした。

「ねえ、さっきのママの魔法、なにしたの？」

私の質問に対し、レティとラティナさんは、揃って首を傾げた。

「さっきの患者さん、肺の病気だって言ってたでしょ？　だからシシリー様は肺に対して治癒魔法をかけた」

「うん。それは分かってるよ。具体的に、なにをどうしたの？」

「「……」」

どうやら、二人もママがなにをしたのか分からなかったらしい。

ある程度治癒魔法を知っている私たちでも分からなかったそれは、治癒魔法を一切知らないヨーデンの医師にとっては、まさに衝撃的な光景に見えたようだった。

「……奇跡だ。私は今、奇跡を目の当たりにした……」

病院の院長さんという、医療のスペシャリストが、ママの治癒魔法のことを「奇跡」と言い表した。

そしてそれは、他の医師にも伝播し、ママの行った治癒魔法による治療を奇跡と称賛した。

凄い、ママの治癒魔法、効果は抜群だ。

この病院に来たとき、医師たちからは胡乱気な眼差しで見られていたし、他国のお偉いさんが戯れに来たと敵意を見せる医師もいた。

けど、たった一度の治癒魔法の行使で、ママはそういった否定派の医師たちを自分の味方に引き込んだ。

これで、この病院では治癒魔法を覚えたいという医師が増えることだろう。

治癒魔法の宣伝という意味では、最上の滑り出しを見せた。

そして、感動に打ち震える院長さんに次の患者さんのところへと案内してもらおうとしたとき、看護師のお姉さんが息を切らせて走ってきた。

「院長！　大変です‼」

「なんだ、騒々しい！　今、大事なお客様の案内をしているところなのだぞ‼」

「そ、それは重々承知ですが大変なんです！　馬車同士の大規模な事故が発生したそうで、周りの歩行者も巻き込み、大量の怪我人が運び込まれているんです‼」

「な、なんだと⁉」

ええ⁉　馬車の大規模事故⁉

しかも歩行者が巻き込まれているって……それって、一刻の猶予もないやつじゃん‼

「シシリー！」

「はい！　院長！　私たちも治療に向かいます！　案内してください‼」

ママの護衛のためについてきているパパがママの名前を呼ぶと、ママは全部分かっているかのように返事し、自分も治療に参加すると申し出た。

「は、はい！　こちらです‼」

ママが起こした奇跡を目の当たりにした院長は、ママの提案に一も二もなく飛び付いて、ママたちを治療室まで案内していく。

私も、簡単な治療魔法しか使えないけど、それでも少しでも力になれることはないかと思い、レティとラティナさんと共にママたちのあとを追いかけた。

そして辿り着いた治療室は……さながら地獄絵図だった。

部屋に入った途端、あまりにも濃い血の匂いに吐き気がした。

私だけでなく、治癒魔法を習っているレティやラティナも手を口に当てている。

それほど酷い状況だった。

多少治癒魔法の心得があるレティたちでもそうなったんだ、全くそんな経験がない人たち、特にヨーデンの生徒たちは、実際にその場で吐いてしまっている人もいた。

「重傷者をこちらへ‼　最優先でお願いします‼」

「俺のところでも構わない！　マーガレットさん！　ラティナさん！」

「「は、はい‼」」

「悪いけど、二人は軽傷者の治療を頼む！　難しかったら血止めだけでもいいから！」

「「分かりました‼」」

パパの指示を受けて、レティとラティナさんの二人は、看護師さんのところに向かった。

私は……私は、どうしたら……？

こんな経験が初めてな私は、どうしていいのか分からず、オロオロしてしまった。

「シャル！　こっちに来て手伝ってくれ‼」

「わ、分かった！」

良かった、とりあえずパパの指示に従っていれば間違いない。

そう思ってパパの側に近寄っていったんだけど……。

「うっ！」

「すまないけど、この人の飛び出した内臓を、腹腔内(ふくくうない)に押し込んでくれ！」

「う……」

「吐きそうになるのは分かるけど、今は緊急事態だ！　我慢してくれ！」

「わ、わかった……」

思わず目を背けたくなる状況だったが、これは緊急事態。

パパが治癒魔法をかけるにしても、内臓が出てしまっていてはさすがのパパでもどうしようもない。

なので、吐きそうになるのを必死に堪えながら、私は生温かく柔らかい内臓を必死にお腹の中に押し戻した。

「……よし。シャル、手を離せ」

「はい」

パパの指示に従ってお腹に押し込んでいた内臓から手を離すと、パパはすぐに治癒魔法を行使した。

ママは当然凄いとして、パパの治癒魔法は今まで見たことがなかった。

今回初めて見たけど……。

ハッキリ言って、凄すぎる。

魔法を行使して、お腹の中を魔法でグニグニして、しばらくすると内臓が飛び出るほどの傷が塞がり、跡形もなくなってしまった。

すご……はや……。

パパの治癒魔法の凄いところは、なにより早いところ。

今のも、素人が見たらすぐに諦めてしまうような傷だったのに、あっという間に治してしまった。

その様子に医師たちは騒然となった。

「うおっ！　シシリー様だけでなく、シン様も凄いのか！」

「まさか……あんな致命傷まで治せるとは……」

ママが特別だと思っていた医師たちが口々にそんなことを言っているのが聞こえたのだろう、治癒魔法を使いながらもママが医師たちに話しかけた。

「主人が凄いのは当然です。なにしろ、主人は私の治癒魔法の師匠ですから」

『え？』

ママの言葉に、医師たちは固まった。

さっきまで称賛していた人の師匠がすぐ近くにいたなんて気付かなかったんだろう。

その人を差し置いてママを称賛し続けたことに、今更気付いたんだな。

『シシリー様、結婚していたのですか⁉』

こいつらもそっちか‼

「え、っていうか、ママはいい歳なんだから、結婚しててもおかしくないでしょ？」

私が近くにいた医師にそう言うと、医師は戸惑いながらも返事をしてくれた。

「い、いや、ほら、小説とかだと聖女様って清い身体でないといけないって言うだろ？　だからまさか結婚しているなんて思わなかったんだ」

「いや、聖女って。そんなこと一言も言ってないでしょ」

「シシリー様を聖女様と呼ばずして他に誰をそう呼ぶと言うのだね⁉　シシリー様が聖女様であることは、世界の道理であるのだよ！　君、分かって……いる……？」

はあ、ヨーデンの人から見ても、ママは聖女様に見えるのか。

まあ、他称だし、別にいいのかな？

話を聞きながらそう思っていたのだが、なぜか台詞の最後が段々小さくなっていった。

そして、私の顔をジッと見た。

「えっと、君、今、ママって言った？」

「うん」

「ママって誰？」

医師がそう聞いてきたので、今も治療を続けているママを指差した。

「ママ、と、パパ」

ママを指差したあと、新たに運ばれてきた患者さんの千切れた腕を繋げているパパを指差した。

うげ……またスプラッタな場面見ちゃった……。

「……娘さん？」

「うっ……うん？　うん、そうだよ」

「……養子、とか？」

「実の娘です」

「‼」

その医師……いや、周りの医師もか、全員が愕然(がくぜん)とした顔をして私を見ている。

なんだこのやろう。

私がママに似てないってか？　なんだ？　戦争か？　やってやんよ、お？

そう思っていると……。

『こんな大きな娘がいるのおっ⁉』

「？　お兄ちゃんもいるよ？」

『さらに上までいたあっ‼』

医師たちはそう言って、その場に膝を突いた。

ああ、ママの子供が思いの外大きくて驚いていたのか。

どうやら戦争は回避されたようだ。

いやあ、良かった良かった。

……いや、全然良くねえわ。

医師たち、皆そろって何遊んでんだ？

「……皆さん、こんなところで私の相手をしてていいんです？」

私がそう訊ねると、医師たちは苦笑を浮かべた。

「あれではね。私たちの出る幕はないよ」

医師がそう言って指し示した先には、軽傷の患者を治して回っているレティとラティナさんの姿があった。

「重傷者はシシリー様とシン様があっという間に治療してしまうから軽傷者の治療をしようと思っていたのだが……それも必要なさそうでな」

ああ、だからこんな余裕があったのか。

「それよりも、アールスハイドの方々が凄いのは分かったけど……あそこで治療をしているのはこの国の子だろう？　彼女はなぜ治癒魔法が使えるんだ？」

「ああ、あの子は今アールスハイドに留学してきている子です。それで、治癒魔法を覚えてヨーデンに帰りたいと言うので、ママに治癒魔法を教えてもらっているんです」

私がラティナさんのことを説明すると、医師は眩しそうな顔でラティナさんを見た。

「そうか……アールスハイドの人間でなくとも、治癒魔法は覚えられるのか……」

「覚えられますよ。だって、魔法だもの」

「……特別な資格とか、資質とかいらないのか？」

「んー、特にないかな？」

「……そうか」

そう言った医師の目は、なにかを決心した目だった。

そして、医師たちとこんな話をしている私も、実は暇になっていたりしたのだった。

だって、ママたちが凄すぎるんだもの。

◆

歩行者を巻き込んだ馬車の衝突事故。

多くの怪我人を出した大事故だったが、被害者にとって幸運だったのは、事故が起きた場所が病院の近くだったこと。

そして、その病院には偶々(たまたま)、本当に偶々シシリーたち一行が立ち寄っていた。

即死者がいなかったことも幸運だった。

一見して致命傷を負っていると思われた重傷者も、シンとシシリーが二人がかりで治療に当たったことで、事故の規模にもかかわらず一人の死者も出すことなく、その日中には被害者全員が歩いて帰宅できるまで回復した。

そして、最後の一人を見送ったあと、ラティナは安堵の息を吐いた。

「皆、無事に帰れて良かった」

ラティナの耳には、怪我を治してもらって感謝してくる患者たちの声が残っていた。

ありがとう、助かった、あんたは女神様だ。

最後のは大袈裟(おおげさ)だと思うが、治療を施した人から感謝の言葉を貰うのは嬉しかった。

自分の力が褒められたからというのはもちろんある。

しかし、それ以上に、患者さんを助けるということは、その人の今後の人生を助けるということ。

それを成せた証が感謝という言葉で返ってきていると、ラティナは思った。

「それにしても……やっぱりシン様とシシリー様は凄い」

ラティナは、自分に割り振られた治療を行いながらも二人の治療を見ていた。

二人が魔法の熟達者だということは重々承知していた。

しかし、実際の現場で見たのはこれが初めて。

中でも圧巻だったのは、千切れた腕や足を魔法で繋げてしまったこと。

しかも、繋げた腕や足は、その直後から問題なく動かすことができていた。

あれはシシリーから治癒魔法の指導をしてもらっていなければ、人知を超えた所業にしか見えない。

事実、それを見ていた医師たちは、シンとシシリーのことを神のごとく敬い始めていた。

これなら、ヨーデンに治癒魔法が広まるのは早いだろう。

留学して以降、ラティナの目標になっていたヨーデンでの治癒魔法の普及にこれほど追い風になるものはない。

あとは、自分が治癒魔法を極めてヨーデンに普及していけばいい。

目標が明確になったラティナは、治癒魔法の連続行使で疲れていたが、実に充実感に溢れていた。

そんなとき。

「ねえ、ラティナ」

今回の事故ではなにもすることができず、医師や看護師たちの助手として動いていたイリスが声をかけてきた。

「ん？　どうしたの？　イリス」

「……」

ラティナを呼び止めはしたが、イリスはなにかを言おうとしてはまた口を噤んでしまい、中々言葉を発しない。

ラティナは、イリスがなにかを言いたいけど上手く言えないのだと思い、イリスが言葉を発するまでジッと待った。

そして、しばらく待ったあと、ようやくイリスが言葉を発した。

「あ、あのさ、ラティナ。その……アンタ、治癒魔法師になるの？」

「うん。そのつもりだよ」

「……いいわね、アンタは目標ができて」

「え？」

そう言われて、ラティナは首を傾げた。

「留学生に選ばれたのが、アンタじゃなくて私だったら、私が治癒魔法師になれていたのに……」

イリスの言葉にラティナは思わず目を見開いた。

「え……もしかして、イリスも治癒魔法師を目指していたの？」

まさか、イリスも自分と同じ夢を持っていたとは思わなかった。

そもそも、治癒魔法はアールスハイドに留学してから存在を知ったもの。

本当は攻撃魔法を覚えるための留学だったが、治癒魔法というヨーデン人にとっては夢のような魔法の存在を知ってしまった。

その存在を知ってから、ラティナは治癒魔法に夢中になった。

これがあれば、ヨーデン人の多くを助けることができる。

なので、攻撃魔法も覚えていったが、熱の入れようは治癒魔法に傾いていた。

そして今日、治癒魔法師見習いとしてたくさんの人を救った。

そんな治癒魔法師という存在にイリスも憧れていたなんて知らなかった。

「……いや、そういえば、特にそんなこと思ったことないわね」

「っ！」

少し考えてから発したイリスの言葉に、ラティナは思わずコケてしまった。

「ちょ、なにそれ？　だったら、なんの話なのよ？」

わざわざ話しかけてきたのに、その取っ掛かりの話題をイリス自身が否定した。

一体この時間はなんなのか？　意味が分からず思わずラティナが問い質してしまったのは正しい行動だろう。

しかし、イリスにはイリスの言い分がある。

「……もし、私が留学生に選ばれていたら、私も将来の目標を決められたのかな？」

そう言うイリスの表情は、ラティナのことが羨ましいと如実（にょじつ）に物語っていた。

「もしかして、将来に迷ってるの？」

「……迷ってるっていうか、迷いが生じたっていうか……なんだろうね」

そう言って、イリスは曖昧に笑った。

「今日さ、アールスハイドの人たちに魔法を教えてもらって……凄いなって思った」

「そうだね。凄いよね」

「魔力制御量も多いし、攻撃魔法も凄いし、変成魔法だって不格好だけどすぐに使えるようになってたし」

「うん」

「それに比べて私たちは……魔力量も全然だし、攻撃魔法に至っては発動すらしなかった」

「……それは仕方ないよ」

「でも！　アンタは出来てた！　魔力量も多くなってたし、攻撃魔法だって使えてた！ つい何ヶ月か前までは私たちと同じだったのに！」

イリスがそう叫んだことで、ラティナはイリスの態度にようやく得心がいった。

ああ、そうか。イリスはついこの間まで肩を並べていたはずの自分が先に行ってしまったようで焦っているんだ。

そう納得したラティナは、叫んでしまったあとハッとして俯いたイリスに自分のことを話した。

「ねえ、イリス、私は留学してまだ数ヶ月。それでも、あれだけの魔法が使えるようになったわ」

「……なによ、嫌味？」

「違うよ。ヨーデンにいたとき、私とイリスにそんなに実力に差はなかった。けど、留学したら差が出来てしまった。これって、なんの差か分かる？」

「……」

イリスは少し考えてから自分なりの答えを言った。

「魔法を教えてもらえる環境？」

「そう。私も、最初は魔力量を増やすことが怖かった。でも、この腕輪を貰ってから、暴走の恐怖から解放されて魔力量を増やす訓練ができた。今日、イリスも貰ったよね？」

「え？　くれたの？　貸してくれたんじゃなくて？」

「多分くれたと思うよ。だってコレ、アールスハイドじゃ魔法使いは全員必須で着けていないといけないから支給されるんだよ」

「そんなことして、この魔道具を作ってるところ大丈夫なの？」

「作ってるのはシン様なんだって。シン様、自分で商会を経営されているんだけど、凄い利益を出しているから、これは魔法使いへの利益還元事業だって言ってた」

「……」

シンのことは、今日初めて知った。

アールスハイド生たちの話では、シンはまさに生ける伝説。

この世界を容易に征服できるほどの力を持ちながら、その力を民衆を助けるために使う、真に英雄と呼ばれるに相応しい人物。

その話を聞いたとき、イリスはまるでお伽噺の主人公のようだなと思った。

そして実際に対面したとき、その考えが正しいことを知った。

一体なにをしたのか、この国で最強と謳（うた）われる兵士たちが、シンを前にして蒼くなり震えていた。

しかし、兵士たちにシンに対する恐怖心はなく、なんというか畏怖（いふ）している、という言葉がしっくりくる感じになっていた。

そんな人物なのに、経営まで得意なのかと、イリスはシンがどれだけ有能なのかと呆気に取られた。

「まあ、シン様のことは、あんまり深く考えない方がいいよ。私も色々話を聞いたし直接言葉を交わすこともできたけど、とにかく全部常識外の人。ミーニョ先生が言ってたけど、神様の遣いだと思っていた方がいい」

「そ、そうなんだ」

「うん。話を戻すね。そんな魔道具があって、昔から攻撃魔法が盛んだったからその教育方法もしっかりしている魔法学院で魔法を教えてもらった。ここまで揃っていたら、私でも色んな魔法が使えるようになるんだよ」

「……だから、それが羨ましいんじゃない」

「じゃあ、今の状況は？」

「？」

「私と同じく、魔力制御用の魔道具を貰って、アールスハイド最高の魔法学院の教師であるミーニョ先生に教えてもらって、攻撃魔法に関してはその人外のシン様に教えてもらっている。アールスハイドの人たちだって羨むほどの環境だよ」

「……そっか」

「そうだよ。だから、この一週間、一緒に頑張ろ。絶対にイリスのためになるよ」

ラティナがそう言うと、イリスは頷いた。

「そうね。よくよく考えてみたら、私だって恵まれてるわ。ラティナが私以上に恵まれてるから焦ったのかもしれない」

「そうだよ。それに、今後アールスハイドと国交ができれば自力で留学できるかもしれないよ？　それからでも遅くないよ」

「……でも、その間にアンタは先に行っちゃうんでしょ？」

「それは勘弁（かんべん）してよ。せっかく聖女様と言われているシシリー様に治癒魔法を教えてもらえる幸運に与ってるんだから、こんな機会逃せないよ」

「やっぱり、シシリー様ってアールスハイドでも聖女様って呼ばれてるんだ？」

「もう凄いよ？　皆がシシリー様のことを敬愛してるの。シン様のことは拝んでる人もいるよ」

「はぁ……なんか、私たちとは次元の違う話ね」

「まあ、それだけご苦労されたからかもしれないけどね」

「そうなんだ。どんな話か知ってる？」

「うん、アールスハイドでは有名な話でね……」

ラティナは、ようやく焦りや不安を感じていたイリスから肩の力が抜けたことを確信し、アールスハイドで語られているシンたちの逸話を話し出した。

病院にいる時間内では話し切ることができず、その日イリスはラティナの滞在しているホテルに泊まることになった。

そこでラティナと同室になっているアリーシャも交え、遅くまでシンたちの話で盛り上がった。

「そんな凄い人と、今同じ屋根の下にいるなんて、興奮してくるわね」

ラティナたちの部屋で興奮気味にそう言うイリスだったが、ラティナたちはなぜか苦笑していた。

「なによ？　ミーハーだとでも言いたいわけ？」

「いえ、そうではなくてですね」

「あのさ、イリス。実は……今シン様とシシリー様はこのホテルにはいないのよ」

「え？」

「今日の授業が終わったあと、アールスハイドに帰られましたわ。なんでもお仕事が残っているそうで」

「え？　え？」

ラティナとアリーシャの言葉が、イリスは全く理解できない。

「帰った、ってなに？」

「そのままの意味ですわ」

「いやいや！　無理でしょ⁉　ここからアールスハイドまでどれくらい遠いと思ってるの⁉」

「ああ、お二人にはその距離をゼロにできる魔法がありますから」

「は？」

「まあ、所謂瞬間移動の魔法だよ」

「瞬間移動⁉」

「まあ、厳密には違うらしいですけど、まだ私たちには理解の及ばない魔法ですし、これはシン様の運営するアルティメット・マジシャンズという組織の機密魔法。誰もが使えるわけではありませんわ」

「いや、そんなことより！　そんな夢みたいな魔法があるの⁉」

「ええ。なんでも、シン様が開発されたとか」

「シン様が……」

「しかも、その魔法を開発したのは高等魔法学院入学前。つまり、今の私たちより年下のころです」

「……」

アリーシャの補足情報に、イリスは開いた口が塞がらない。

「ね？　比べるだけ無駄でしょ？　シン様は例外の存在だよ」

「……ラティナの言っている意味がよく分かったわ。そんな凄い人から魔法を教えてもらえるんだね、私たち」

「うん。だから、少しでも身になる様に頑張ろうね」

「うん、そうだね」

ラティナの言葉に、今度は素直に頷いたイリスだった。

◇第四章◇　実践が最高の授業

ヨーデンでの留学生活も順調に過ぎ、気付けばもう後半だ。

あと数日で、私たちはアールスハイドに帰らないといけない。

私たちの変成魔法については、ある程度思い通りに動くようにはなってきた。

メチャメチャ神経使うけどね。

とにかく、魔力を精密に制御しないと物質に干渉(かんしょう)することができないから、変成魔法発動中は、凄く集中しないといけない。

でも、そのお陰で普通の魔力制御も精密に行うことができるようになってきて、魔法の精度が上がった。

まさか、一つの魔法を練習することで別の魔法に応用ができるとか考えたこともなかった。

そんな変成魔法だけど、形を変えられるようにはなったのに、なんか出来栄えがよろしくない。

なんというか……不格好なのだ。

「おかしいなあ……なにが駄目なんだろ？」

私が自分で変成した銅を前に首を傾げていると、マックスがそれを見てポツリと言った。

「芸術的センス」

「はあ⁉　なに？　私に芸術的センスがないって言いたいわけ⁉」

そう叫びながらマックスが変成したものを見てみると……。

「ナニコレ⁉」

マックスの目の前には、まるで今にも羽ばたいて飛んでいきそうな鳥の銅像が鎮座していた。

「す、すご……」

一本一本まで作り込まれた羽根、その中にも鳥の筋肉まで感じられるような造り。

たった数日でここまで出来るようになるとは……。

「ってか、もう変成魔法極めてんじゃん」

「いえ、これはまだ初歩です」

「初歩でここまで出来なきゃいけないの⁉」

これを見たあとじゃあ、私に芸術的センスがないと言われても納得してしまう。

こんなものが出来るようになってから初歩卒業……。

無理でしょ？

「あ、いえ、初歩と言ったのは材質の話です。銅は比較的柔らかい金属ですから。ここから徐々に硬度の高い金属や石なんかを変成できるようにするんです。初歩って言ったのはそういうことです」

「あ、なるほど。こういうのを作れって意味じゃないのね」

「そうです。というか、こんなの私にもできませんよ。本当に凄いですねマックス君」

「いやいや、ラティナさんの教え方が上手いからだよ」

「いえいえ、そんなことはありませんよ」

「いやいや」

「いえいえ」

「……アンタたち、いつまでそれやってるの？」

マックスとラティナさんの謙遜合戦(けんそんがっせん)は、放っとくといつまでも続きそうなので無理やり中断させた。

「はは。それじゃあ、次の金属で試してみようか」

マックスがラティナさんに確認する。ラティナさんが「確認してきます」と言ってラルース先生に許可を取りに行くと、アッサリ認められたらしい。

ラティナさんは「ありがとうございます」と言って、校舎内に入っていった。

そしてしばらく待っていると、その手になにかを持ちながら戻ってきた。

「マックス君。鉄を持ってきましたので、今度は鉄を変成できるように頑張りましょう」

胸の前でグッと拳を握るラティナさん。

「いよいよ鉄か……ウチはこれを扱うことが多いから、頑張らないとな」

「はい、頑張りましょう！」

ラティナさんとマックスが、なんか青春の一ページを演じている。

あそこだけ、なんかキラキラしてる気がするよ。

「あらあら？　もしかしてあの二人って……」

「いや、そういう話は聞いたことないよ。ラティナさん、アールスハイドでは私たちと一緒にいることがほとんどだから」

「そうなの？」

「うん。多分、今回の留学でそっちが一人欠員になったでしょ？　その代わりをラティナさんが務めてるから、それで仲良くなったんじゃないかな」

「なんだ、そうなのね。あのラティナにようやく彼氏ができたのかと思ったのに」

「そういえば、ラティナさんも恋人はいたことないって言ってたけど、ホントなの？　ラティナさんだったらモテそうなのに」

私がそう言うと、イリスはちょっと憂いを帯びた顔になった。

「そりゃあ、モテたわよ。美人で成績も良くって、おまけに家も代々官僚を排出してきた家柄よ。モテないはずないじゃない」

「なら、なんで恋人がいなかったの？」

「まあ、ラティナ自身が興味なさそうだったし、例のカフーナ君、彼の告白も断ったから、自分じゃ無理だって誰も挑戦しなくなったのよ」

「あ、そうなんだ」

っていうか、ラティナさん、男を見る目あるな。

昔のポンス君は、上手くその本性を隠していたみたいなのに、それを嗅ぎ取ったのかも。

「ところで、あのマックス君ってシャルの幼馴染みなんでしょ？　どんな子なの？」

連日の訓練でコンビを組んでいるので、私とイリスはお互いを呼び捨てにするくらいには仲良くなった。

そんなイリスから、マックスについて訊ねられた。

「実家はアールスハイド一大きい工房だね。マックスの両親はウチの両親と学生時代からの仲間で、パパと一緒に世界を救ったことがあるから、メッチャ尊敬されてる」

「うぉ……予想以上にいいとこの子だった……」

そうなんだよ、マックスも十分優良物件なんだよ。

「本当はマックスのお父さんが工房を継ぐ予定だったんだけど、パパたちと一緒に英雄になっちゃったから国を守る仕事をしてるのね。だから、その息子であるマックスが継ぐことになってるの」

「へえ、工房の跡取り。ってことは、変成魔法って是が非でも覚えたい魔法だね。だからあんなに真剣なのか」

「さっきの鳥を見ても分かる通り、相当器用だよ。魔法も上手いから付与魔法も得意だし、マックスが工房を継いだら、工房は安泰だろうね」

「うーん、聞けば聞くほど優良物件に聞こえるよ。それはそうと、シャルは幼馴染みなんだよね？」

「うん」

「アンタはマックスと付き合うとか、考えたことないの？」

「……え？」

私が、マックスと、付き合う？

「あ、はは、ないない。だって、それこそ赤ちゃんのときから一緒に育ってきたんだよ？　今はもう男兄弟みたいな感じで……」

「でも『みたい』な感じであって、結局は他人でしょ？」

「それは、まあ、そうなんだけど……」

マックスのことは嫌いじゃない。むしろ好きだし絶対的な信頼もある。

でも、それが家族的な好きなのか、恋愛的な好きなのか、改めて言われるとよく分からない。

急にイリスから振られた話題に混乱していると、イリスは「あー、ゴメン」となぜか謝ってきた。

「幼馴染み同士は色々と難しいって聞いたことあるから、下手な詮索してゴメンよ」

「あ、ううん。いいよ、別に」

「そう？　あんまり気にしないでね」

「分かってるよ」

そうは言っても、一旦意識してしまったことは中々忘れることはできない。

そういえば、ヴィアちゃんとお兄ちゃんも幼馴染みといえばそうだよね。

お兄ちゃんは、ヴィアちゃんが赤ちゃんのときから知ってるのに、よく恋愛感情を持てたな。

……歳が離れてるからか。

私たちは同い年だから、ずっと一緒にいたけど、お兄ちゃんは言うほど一緒にいたわけじゃない。

ちょっと距離があったから、今こうして恋人同士になれたのかも。

なら私は？

そう思ってマックスとラティナさんのことを見る。

二人を見ると、胸がモヤモヤしてくる。

ちょっと前からこんな感じになってたけど、これは嫉妬？　それとも、仲のいい幼馴染みに恋人ができたら私との時間が取れなくなって寂しくなる、という気持ち？

自分の気持ちが全く分からない。

そんな混乱した気持ちで授業を受けていたからだろうか。

「……」

「シャル、変な話してゴメンよ」

私の目の前には、とても前衛的な銅像が鎮座していた。

題名を付けるなら『混乱』。

今の私の心情にピッタリだな。

とにかく、一度気持ちをリセットしないと。

でも、どうやってしようかな？　なんて考えていると、その日の午後、パパからとんでもない話を聞かされた。

いつも通り、兵士さんたちとの攻撃魔法の練習が終わったあと、パパが何気ない感じでポロッと言った。

「兵士たちは攻撃魔法を使い慣れてきたころだろうから、そろそろ実践でもしてみるか？」

パパの言葉に、兵士さんたちは一瞬ざわめき、すぐに真剣な顔になった。

「はい！　自分のこの力が、どれほど魔物に通用するのか、試してみたいと思っていたところであります！」

さすが、ヨーデンでも精鋭と言われる兵士さんたち。

まだ及び腰なイリスたちと違って、その目には覚悟がある。

これが、最前線で戦っている男の顔なんだな。

「いやいや、戦うのは魔物だけじゃないよ」

「え？」

「竜と、戦ってみようか」

いや、パパ、そんなとんでもないこと、にこやかに言わないでよ。

さっきまで精悍（せいかん）な顔つきだった兵士さんたちが、とたんに真っ青になってるよ。

今までも竜との戦闘は経験があるだろうけど、今回は攻撃魔法を使っての実践の予定。

戦い慣れていない戦闘方法でいきなり戦えなんて、無茶振りもいいとこじゃん。

「そんな悲観するな。俺もサポートに入るし、君らなら攻撃魔法と変成魔法を織り交（おま）ぜて上手く戦えると信じてるよ。それに、俺たちが帰ったら君たちが竜の間引きをしないといけないんだよ？　いつまでも人任せにするつもりかい？」

パパのその言葉で、兵士さんたちはハッとした顔をして、もう一度気合いを入れ直した。

「お見苦しいところをお見せして申し訳ありません！　我々で、竜を討伐（とうばつ）してみせます！」

「うん。よろしく」

パパはそう言うと、今度は私たちの方を見た。

「学生さんたちは、まだそのレベルに達してないから見学ね」

『はい！』

イリスたちの表情から、助かったという感情が見て取れる。

まあ、そもそも魔物とだってそんなに戦闘経験ないだろうし、いきなり竜とか死にに行くようなもんだよね。

そう思っていたんだけど……。

「あ、ただ、シャルたちアールスハイドの学生は参加な」

……ん？

「え？　パパ、今なんて？」

「シャルたちは、竜討伐に、参加、な」

……。

『うえぇぇえっ⁉』

パパからの超無茶振りに、余計な事を考えている暇などなくなってしまったのだった。


「いよいよ竜討伐かぁ……」

パパからの衝撃発言があった翌日、私たちはいつもの学校ではなく、軍の訓練場を訪れていた。

朝から、竜討伐に行くからである。

「私たちは見学だから、シャルたちは頑張ってね」

今日は私たちの討伐を見学する予定のイリスたちも集合している。

今回の竜討伐にはママも同行し、障壁にてイリスたちを守る役目を負っている。

あと、討伐の際に怪我をしたときもママが回復要員として治癒魔法をかける手筈になっている。

一撃で即死しない限り、回復はしてもらえるので安心だ。

……いやいや！　一撃で即死する危険がある戦闘って！

今までもお小遣い稼ぎで魔物の討伐とかはしたことあるけど、竜とは戦ったことなんてない。

そもそも竜は北大陸西側では保護対象になっていて、イース神聖国の保護区でしか見ることができない。

大砂漠を挟んだ東側にあるクワンロンでは、時折氾濫（はんらん）するくらい生息しているらしいけど、クワンロンになんか行ったこともない。

つまり、私たちが竜と戦えるかどうかなんて全く未知数なのだ。

「シン様、やはり子供たちには荷が重いのでは……」

ほら、ヨーデンの兵士さんも心配してくれているよ。

「いや、昨日までの彼らの実力を見る限り、十分単独で討伐できるだけの力は備えているよ。あとは、実際に討伐して自信を付けることだけだ」

「そ、そうですか」

あ、兵士さんが説得された。

というか、ママは今回の竜討伐についてどう思っているんだろう？

……まあ、ヨーデン生徒の護衛と回復要員として、普通にいる時点で、反対はしてないな。

自信がないわけじゃないけど、今まで戦ったことのない相手だけに不安はある。

そんな不安感からか、つい隣にいる人に声をかけた。

「ねえ、竜の討伐って自信ある？」

私がそう訊ねると、事もなげに答えた。

「大丈夫でしょ」

「いや、お兄ちゃんはそうかもしれないけどさ」

ちなみに、なぜお兄ちゃんがここにいるのかというと、お兄ちゃんも竜討伐に参加するから。

今まで戦ったことがないから、一度戦ってみたいと自ら志願したそうだ。

……ちっ、魔法エリートめ。

「私は、シルバー様がいらっしゃればなにも怖くはありませんわ」

「ヴィアちゃんは、僕の側から離れないようにね」

「分かりました！」

ちぃっ！　このバカップルめ!!

なんか、この二人を見てたら、不安を感じている自分がバカみたいに思えてくるな。

「よーし、皆集まったな。それじゃあ、竜討伐にいくぞ」

パパの号令で、皆揃って訓練場を出た。

そして、街を出たところでパパが異空間収納から大きくてゴツイ車を出した。

軍用で兵士輸送車だ。

「悪いけど、馬車だと時間が掛かるから、今日はこれに乗って行くよ」

パパはなんの説明もしてないけど、それでいいの？

ヨーデンの人たち、唖然とした顔をしているよ？

「それじゃあ、俺が運転する方には兵士さんたち、ミーニョ君が運転する方には学生たちに乗ってもらうよ。シャル、皆に説明してあげて」

「あ、うん。分かった」

マックスたちはさっさと乗り込んでしまったので、私がイリスたちにこれについての説明をする。

「えっと、これは、馬なしで動く馬車みたいなもの」

「……馬なしなら馬車とは言わないんじゃ」

「うん。魔法の力で動いてるから、これは魔道車って言われてる。馬車よりも速くて、疲れないからずっと走り続けられる。これは大人数を運ぶための魔道車で、軍用だから多少の悪路もゴリ押しで踏破しちゃうの」

「ごりおし」

「そう、だから……」

そう、これ、軍用車なんだよ。

「メッチャ揺れるから、気を付けて」

「きゃあああっ！」

「うおおっ！」

「わああっ！」

軍用兵士輸送車がヨーデンの地を爆走している。

運転しているのはミーニョ先生だけど、その前をパパが運転している車が走っているから置いて行かれないように同じ速度で走っている。

けど、そのパパの車が速い。

必然、こちらの車の速度も上がるわけで……その結果、車内は搭乗者の絶叫で溢れることになりました。

「って！　パパ、飛ばし過ぎじゃない⁉」

ママに向かってそう叫ぶと、ママは揺れる車内でニコニコしながら前を走る車を見ていた。

「そうねえ……久しぶりに運転したみたいだし、ちょっとはしゃいでしまっているのかもしれないわねえ」

そう言うママの顔は、笑っているのに目が笑ってなかった。

パパ……お仕置き確定だよ……。

その後もしばらく車の暴走は続き、ようやく停車した。

車内では、皆揺れまくる車に酔ってしまって、死屍累々の様子だった。

「う……おぇ……」

「とうさん……とばしすぎ……」

ヴィアちゃんは王女様にあるまじき行為をしているし、鍛えているはずのお兄ちゃんまでヘロヘロになっていた。

私も、皆と同じように酔ってヘロヘロだ。

というか、途中で何回か吐いた。

「まあまあ、皆大丈夫？」

ママはそう言うと、私たちに治癒魔法をかけてくれた。

その瞬間、嘘みたいに気持ち悪さがなくなった。

「凄い……さすがシシリー様……」

「私は、自分に治癒魔法をかける余裕なんてなかったのに……」

レティは、純粋にママの治癒魔法に感嘆し、ラティナさんはこんな状況でも自分に治癒魔法をかけていたママに驚きを隠せないでいた。

「ふふ。こう見えて色々と修羅場を経験していますからね。これくらいのことはできるんですよ」

ママは、聖女様とか言われて治癒魔法特化の魔法使いだと思われているけど、実際は攻撃魔法も相当な使い手だ。

なんせ、魔人を一人で討伐できるのだから。

そんなママだから、過去の魔人王戦役にも従軍したし、たくさんの手柄も立てたらしい。

そりゃ、これくらいの事態も経験してるか。

「それより、ちょっとパパとお話ししてきますから、皆は少し休んでいなさい」

ママはそう言うと、やはり私たちと同じように酔ってヘロヘロになっている兵士さんたちを、治癒魔法を使って回復させているパパのもとに歩いていった。

その後ろ姿を目で追っていると、ミーニョ先生が運転席から降りてきた。

「皆、大丈夫か？　スマンな、シン様に置いていかれないようにと、かなり無理をして飛ばしてしまった」

「いえ、先生が悪いんじゃないですよ。全部パパが悪い」

「あー、うーん……」

先生はパパの信奉者だから、あんまり悪く言いたくないのかな？

でも、悪いことは悪いって言わないといけないと思うよ。

「そうだって。だってほら、アレ見てよ先生」

そう言って私が指差した先では、パパが地面に膝(ひざ)を揃えて座り、ママから説教を受けている姿があった。

あの姿はまるで……。

「あはは、いつものシャルを見てるみたい」

「うぐっ！　ちょっと自分でもそう思ったんだから、わざわざ口に出して言わないでよマックス！」

「でも、おじさまをシャルに置き換えたら、よく見る光景ですわ」

「既視感ある」

「本当ですわね」

「皆が非道(ひど)い!!」

ここは、暴走したパパを皆で責める場面でしょ！

なんで私が辱(はずかし)められてんのよ！

ヴィアちゃんたちとそんな話をしていると、ママの説教が終わったみたいでこちらに戻ってきた。

「皆さん、お待たせしました。ゆっくり休めましたか？」

『はい！』

「うん、よろしい。随分緊張も解れたみたいですし、早速ですが行きましょうか」

そういえば、さっきのやり取りのお陰だろうか、緊張感が薄らいだ気がする。

こうして、パパたちのあとに私たちアールスハイドの生徒、さらにその後ろからママが率いるヨーデンの生徒という順番で竜の生息域に入っていった。

「さて、これから行うのは索敵魔法という魔法だ。えっと、シャル、悪いけど見本を見せてもらっていいか？」

「私？　いいけど、パパがやった方がいいんじゃないの？」

「俺はもう索敵魔法使ってるから。発動から見せるには今使ってない人の方がいいの」

「え？　いつの間に」

「ここに入る前にはもう使ってたよ。無防備に竜の生息域に入るわけないだろ？　シャルも、皆も、索敵魔法は常に意識するようにな」

「はーい。じゃあ、使うね」

「あ、ちょっと待った。それじゃあ皆、これからシャルが索敵魔法を使うから、魔力がどんな風に展開していくか見ていてね」

『はい！』

「じゃあ、シャル、いいよ」

兵士さんたちが揃って返事をしたのを確認して、パパが私にゴーサインを出した。

「ふー……んっ！」

自分の魔力を、薄く、広く広げていく。

こうすると、魔力を帯びているものを感知できる。

この世界の生物は例外なく魔力を帯びているので、この索敵魔法で生物がどこにいるのか把握できる。

今この周辺には……。

「……え？」

「さて、索敵魔法の魔力は感じられたかな？」

私の戸惑いをよそに、パパは今の索敵魔法の魔力の動きを兵士さんたちに確認していた。

「い、いや、パパ……」

「はい！　魔力が、とても薄く、広く広がっていくのが感じられました！」

「ヨーデンの生徒さんたちはどうかな？」

「あ、私にも分かりました。あんな魔力の使い方があるんですね」

イリスの言葉に頷くヨーデンの生徒たち。

理解してもらえたようで良かった……じゃなくて！

「あの、パパ！」

「じゃあ、この魔法は攻撃魔法より簡単だから、皆で試してみて」

『はい！』

私の呼びかけを無視して、パパは皆に索敵魔法を使うように指示する。

「ちょっとパパ！　なんで無視するのよ⁉」

「ん？　シャルの言いたいことは分かってるから。慌てないで待ってろって」

「ええ……」

私が、さっきから必死にパパを呼んでいた理由、それは……。

「え……」

「こ、これは⁉」

「なに、これ……」

「うん、上手く発動できたようだね。それが索敵魔法だよ」

ヨーデンの皆は、兵士さんたちだけでなくイリスたちも索敵魔法に成功したらしい。

ということは、皆も気付いたってことだ。

「こ、こ、この魔力は……」

「ああ、それ？　それは……」

パパがそう言ったところで、茂みの向こうから一体の獣が飛び出してきた。

それは、大きなトカゲのようで、でも二足歩行をしていて、その口には信じられないくらい鋭い牙が並んでいた。

「この竜の魔力だね」

私が索敵魔法で気付いたのはこの竜の魔力だ。

すぐ近くに、こちらに向かっている大きな魔力があるのに気付いたから、必死にパパを呼んでいたのに！

「いやあ、ちょうどいい所にこの竜がいたから、皆に索敵魔法で感知してもらおうと思ってさ」

「そんな理由で放置してたの⁉」

「うん。まずは索敵魔法を覚えてもらうことが第一だからさ。いきなり竜を討伐しろなんて言わないよ」

「じゃ、じゃあ、この竜は……」

「もちろん……」

『GUWAAAAA‼』

パパの言葉の途中で、こちらをずっと窺っていた竜が咆哮(ほうこう)をあげ突進してきた。

その迫力たるや、今まで討伐してきたどの魔物よりも恐ろしかった。

これで魔物化してないの⁉

嘘でしょ⁉

初めて見る竜に恐怖心を抱いていると、パパがスッと前にでた。

「今回は俺が倒すよ」

パパはそう言うと、サッと腕を横に振った。

その瞬間、パパの魔法が発動し、襲い掛かってくる竜に向かっていった。

使ったのは、レティもよく使う風の魔法。

それを、薄く、鋭くしたものを竜に向かって軽く射出した。

そんな魔法で！　と思った瞬間、その風の魔法が竜の首を通過していき、竜の頭がズルッとズレた。

『え⁉』

それは、きっと誰にも理解できなかっただろう。

パパは、高等魔法学院生でも行使できる魔法を放った。

けどそれは、私たちが使う魔法とは、威力が格段に違った。

軽く放たれた風の魔法で、竜はアッサリと首を刈り取られ、その命を落とした。

……同じ魔法なのに、練度が……練度が違う。

パパが凄いのは当然知っていたけれど、実戦で見たのは初めてだ。

それを見て、初めて私たちとどれほど力がかけ離れているのか、ようやく本当の意味で理解できた。

これは確かに、同じ人間のカテゴリーに入れていいのか迷うくらい凄い。

そんな実力を見せた当のパパはというと……。

「索敵魔法が使えれば、こういう風に竜の接近にも簡単に気付けるので、いつも使うようにしてくれ」

竜を討伐したことなんて、まるでなんてことないように指導を続ける。

いや、パパの魔法が衝撃的過ぎて、全然話が入ってこないよ！

「さて、それじゃあ、もう一度索敵魔法だ。今度は皆に倒してもらうからね」

『……』

もう、皆なにを言っていいのか、なにに驚いていいのか分からなくなって、とりあえず黙って索敵魔法を展開させた。

こうして、私たちの竜討伐は始まったのだった。

「ヴィアちゃん！　そっち行った！」

「分かってますわ！　えーいっ！」

「ナイス、ヴィアちゃん！　はあっ！」

私たちは今、絶賛竜討伐の真っ最中です。

索敵魔法に次々と引っ掛かる竜を、ヨーデンの兵士さんと私たちアールスハイドの生徒で交互に討伐していく。

最初はその容貌に恐怖心を抱いていたけど、こうも次々と襲い掛かってこられたら、恐怖心を抱いている暇なんてなくなったよ！

今だって、複数の小さい竜が連携を取りながら襲い掛かってきてるし！

いくら小さいからといっても、竜は竜。

油断していい相手じゃないからそんなことはしていないけど、この数はちょっとマズイって！

「あっ！　しまった！」

複数いる竜のうちの一頭が、私たちの横をすり抜けて後ろのヨーデン組に襲い掛かった。

「うわっ！　こっち来た!!」

「きゃああっ!!」

まだ攻撃魔法が実戦レベルで使えないイリスたちが竜に襲われたらひとたまりもない！

私は慌ててそちらに駆け付けようとした……んだけど……。

『GUGYA!!』


イリスたちに襲い掛かった竜が、見えない壁にぶつかって悲鳴をあげた。

「ママ！」

ママが張った障壁に阻まれたんだ！

「こっちは大丈夫ですから。シャルは目の前の竜に集中しなさい」

ママはそう言うと、障壁にぶつかって悶絶(もんぜつ)している竜に指を向けた。

「ごめんなさいね」

そう一言呟(つぶや)いたあと、指先から小さな石の弾丸を射出した。

その弾丸は、寸分たがわず竜の頭部に命中し、竜は一瞬で絶命した。

「……すご」

あんな小さな魔法で、私たちが苦労している竜をアッサリ倒すなんて……。

やっぱり、ママも凄い。

「これは……まだ母さんにも届いてないかな？」

お兄ちゃんもママの魔法を見て、自分がそのレベルに達していないことを自覚したらしい。

うちの両親、どうなってんの？

とにかく、後ろの護りは完璧だと分かったので、目の前の竜に集中することができ、その後は問題なく竜の群れを倒すことができた。

「ひぃ……疲れた……」

「本当……休む間もないじゃない……」

私の隣で、デビーも息が上がっている。

魔法で倒しているのだけど、とにかく数が多いから集中している時間が長いし、なにより噛み付かれたら一発で致命傷になるから、竜の噛み付き攻撃は常に避け続けないといけない。

それが、とにかく負担なのだ。

「それにしても、こんなに竜っているのね……」

ようやく息が整ったデビーが、私たちが倒した竜を見ながら呟いた。

「ヨーデンの人が、焦って攻撃魔法を覚えたいっていうのも分かるね……」

レティがそう言うのもよく分かる。

とにかく、数が多い。

魔物化していなくても脅威となる竜。

それがこんなに増えているんなら、どうにかして攻撃魔法を手に入れようとしたのも分かる。

その証拠に、私たちはある程度攻撃魔法を使い慣れているけど、使い慣れていないヨーデンの兵士さんは、大勢で一体を取り囲み、それでようやく討伐している。

私たちは、一人で複数体倒すことができているけど、ヨーデンの兵士さんは複数人で一体。

そりゃ、竜の間引きが間に合わないわけだよ。

私たちがいつまでもヨーデンに居残って竜を討伐し続けるわけにもいかないし、パパがこんな強行な手段を取るのもしょうがないか。

それでも、私たちがいる間に少しでも竜を討伐しておいた方がいい。

そう思って疲れた身体に鞭打ち、索敵魔法を展開したときだった。

「‼」

「あ、あ……」

索敵魔法に、とんでもない魔力が引っ掛かった。

今まで感じたどの竜よりも大きく、そして……禍々しい魔力。

「パ、パパ……」

「おお、どうやら本格的に急いだ方がいいかもしれないなあ」

「そんな悠長にしてる場合じゃないでしょ！　これって、これって!!」

私は、索敵の最悪の結果を口にした。

「竜が！　魔物化してんじゃん!!」

索敵に引っ掛かったのは、魔物化した竜の魔力。

その、今まで感じたことがないほどの悍ましい魔力に、私は身体の震えが止まらなかった。

「に、逃げ……」

「あぁ……もうだめだ……こっちに向かってる……」

「こんな……まさか竜の魔物がいるなんて……」

私たちですら恐怖で固まってしまったのだ、イリスや兵士さんたちが生を諦めてしまってもしょうがない。

それほどの存在だった。

だというのに……。

「んー……他にはいないみたいだな」

「ですね。偶然一体見つけてしまったというところでしょうか?」

「かな。さて、これはさすがにお前たちには荷が重いから、俺が相手するよ」

パパとママには、一切恐怖も、気負いもなかった。

「パ、パパ……」

私が思わずパパを呼ぶと、ママが側にきて私の頭を抱きしめてきた。

「はいはい。そんなに怯えなくても大丈夫ですよ。パパがやっつけてくれますからね」

私の頭を抱きしめながら、まるで小さいころのように宥めてくるママ。

「……小さい子供じゃないいんだから」

「そう？　こんなに怯えてるの、シャルが小さいときに、怖い夢を見たってママたちのベッドに潜り込んできたときとソックリだけど」

「も、もう！　いつの話をしてるのよ！」

私が思わず叫ぶと、ママはクスクスと笑っていた。

「もう怖くないのなら、しっかりと見なさい」

ママはそう言うと、こちらに向かってくる、まだ見えない竜の魔物に視線を向けた。

「皆さんも、目を逸らさずに見てください。あれが今、あなたたちの国に迫っている脅威です。しかし、きちんと対処すれば退けられる脅威です。なので、過剰に怖がったり、諦めたりしてはいけません」

ママは、ヨーデンの人間全てに言い聞かせるようにそう言った。

すると、恐怖と絶望から生きることを諦めかけていたヨーデンの人たちの目に生気が戻り始めた。

「……そうですね。これは目を背けてはいけないことだ」

「だな。俺たちがなんとかしないと……」

「‼　来るぞ‼」

兵士さんが言葉を発した直後、私たちの目の前にその魔物は姿を現した。

その姿は、今まで出会った竜の中でも一際大きく、そして凶悪だった。

見ただけで分かる。

これは、生物の頂点に立つモノ。

目にしただけで、身体の奥底から湧き上がってくる恐怖心が抑えられない。

私たちは、止められない震えをなんとか押しとどめようと必死になっているというのに、パパは相変わらず緊張感がない。

「ああ、やっぱり暴君だったか。これは、マズいやつが魔物化したたな」

パパは、目の前の化け物を相手にしても、自然体を崩さない。

まるで、こんなの敵ではない、とでも言うかのように。

そして、それはパパにとっての事実だった。

「俺に見つかったのが運の尽き。そして、ヨーデンにとってはラッキーだったたな。悪いけど、狩らせてもらうぞ」

『GUWOOOOO!!』


パパが戦闘態勢に入ると、竜の魔物もそれを察知したのかパパに襲い掛かっていた。

噛み付かれる！　と思った瞬間、竜の魔物の噛み付きは空を切った。

「え？」

パパが消えてしまった。

え？　一体どこに？

「まあ、魔物化したとはいえ、獣なら真っすぐ突っ込んでくるよな。お陰で対処が楽でいいよ」

パパを捜していると、上からパパの声が聞こえてきた。

慌てて上を見ると、竜の魔物の噛み付きをジャンプで躱して、竜の頭に踵落としを決めるところだった。

「おぉらっ!!」

噛み付きを躱されたあとの無防備な体勢だった竜の魔物は、頭頂部にパパの踵落としを喰らって、そのまま地面に倒れ伏した。

地面に頭がめり込むのではないかと思うほどの勢いで地面に叩きつけられた竜の魔物

は、相当ダメージが大きかったのかフラフラしている。

そんな竜の魔物の様子を冷静に見ていたパパは、さっきママが使ったのと同じ、石の弾丸を竜の魔物に向けて発射した。

その発射された弾丸は、全く目で追えず、発射されたと思った次の瞬間、竜の魔物の目が爆ぜた。

そしてそのまま、竜の魔物はゆっくりと倒れていき、それ以降動くことはなかった。

「え？」

私は、一瞬何がおきたのか分からなかった。

そして、少ししてから石の弾丸が竜の目を直撃したこと、そしてそのまま竜の魔物の脳を破壊したことを理解した。

「ふう……どうだ？　暴君竜の魔物、ちゃんと見たか？」

とんでもない魔法を使ったというのに、一切の気負いも見せず、パパは兵士さんたちに向かって講義の続きをするかのように声をかけた。

まあ、実際講義のつもりなんだろうな。

この短期留学の間に、竜については色々と聞かされた。

そんな竜の中でも最強なのが、今目の前で倒された暴君竜。

それが魔物化したということは、これが竜の魔物の最高峰。

それを、ちゃんと見たかと確認していた。

「は、はい……正直、戦い方は凄すぎて真似（まね）できませんが、最強種の魔物を見たことで、これ以降落ち着いて対処できる気がします」

「よし。これからは、君たちがこの国を守らないといけないんだ。恐怖心に呑まれないようにな」

『はい！』

こうして、突如（とつじょ）起こった竜の魔物との遭遇（そうぐう）は、なんの問題もなく終了した。

さて、こんな特大のイレギュラーがあったのだから、私たちの訓練も終わり……にはならず、当たり前のように討伐の続きをやらされましたよ。

ひぃ。

◆

パパの引率による竜討伐がようやく終了した。

無我夢中で、魔法を使いまくって倒すことにだけ注力した。

効率とか、竜の素材のこととか、気にする余裕は全くなかった。

だから、とにかく今日は疲れた。

ホテルに戻ってきた私は、着替えもせずシャワーも浴びないままベッドに倒れ込むと、そのまま眠ってしまった。

「やば！　今何時⁉」

少し寝たことで体力が回復した私は、部屋が暗くなっていることに気付き、慌てて起きだした。

ヤバイ、ひょっとしたら、寝過ごしてご飯を食べそこなったかも！

そう思って部屋を出ようとすると、隣のベッドでヴィアちゃんが寝息を立てていることに気が付いた。

「あーあ、ヴィアちゃんもそのまま寝ちゃってるよ」

王女様としてはありえないことだと思うけど、それほど疲れていたんだろう。

ヴィアちゃんも私と同じく魔法だけで竜を討伐することができる。

なので、常に全力で魔法を撃ち続けていた。

そりゃ、疲れて当然だわ。

それが理解できた私は、そのまま寝かせといてやろうと思い、起こさないでそっとホテルの部屋を出た。

ホテル内のレストランに着いた私が受付の人に所属と名前を告げると、テーブルまで案内してくれた。

どうも私たちはこのレストランを自由に使っていいことになっているらしく、食事も別に全員揃ってでないと食べられない、ことはないそう。

なので、一人きりで寂しいけれど、私は夕食を一人で食べた。

相変わらずヨーデン料理は美味しいので、つい食べ過ぎてしまった。

お腹が苦しい……。

このままじっとしていてもお腹が苦しいだけなので、ちょっとホテルを探索して腹ごなしをしようと歩き出した。

ポテポテとホテルを見学しながら歩き回り、ようやくお腹が落ち着いてきたころ、視線の先に見知った人影があることに気が付いた。

「あれは、マックスと……ラティナさん？」

そう、マックスとラティナさんが、二人ならんでホテルのロビーを歩いていたのだ。

なんであの二人が一緒に？　と疑問に感じ、思わず私は二人の跡をつけていた。

二人は楽しそうに談笑しながら歩いており、私の存在には一切気付いていない。

……なにをそんなに楽しそうに話しているんだろう？

モヤモヤしたものを感じながらも、二人の跡をつけるのを止められない。

やがて二人は、ホテルの中庭に辿り着いた。

そこでマックスは立ち止まり、ラティナさんの方を振り向いた。

私は、マックスが立ち止まった時点で柱の陰に隠れていたので、見つかることなくやり過ごせた。

ふぅ、危ない。

急に振り向くんだもん。あらかじめ隠れてなかったら絶対見つかってたよ。

内心で安堵したあと、コッソリと柱の陰から二人の様子を覗き見る。

マックスは今まで見たことがないくらい真剣な顔をしていた。

そして、しばらく無言でいると、意を決したように口を開いた。

「ラティナさん、俺、ラティナさんのことが好きなんだ。付き合ってくれないか？」

「!!」

こ、告白……マックスがラティナさんに告白した⁉

その衝撃的な事実に撃ち抜かれ、私はその場で硬直してしまった。

「……お気持ちは凄く嬉しいです」

「⁉」

ラティナさんは、マックスの気持ちが嬉しいと言った。

ということは、告白を受け入れるってこと⁉

マックスもそう思ったのか、その顔には喜びの表情が現れた。

「じゃ、じゃあ！」

「でも……すみません」

「え？」

「私は今、やらないといけないことがたくさんあるんです。とても、恋愛なんてしている余裕はありません」

「…………」

喜びの表情から一転、マックスの顔は絶望に塗り潰された。

「マックス君のことは、良い人だと思います。けど……全てを放って恋愛するほどの想いでは……」

「そ、そっか……」

「本当に、ごめんなさい」

ラティナさんはそう言って頭を下げると、マックスを置いてホテルに走って戻っていった。

その場には、呆然としたマックスが取り残されていた。

正直、マックスが告白をしたとき、とても胸が締め付けられたし、断られたときはホッとした。

嬉しかった、のではなく、ホッとした。

ということは、これはやっぱり恋心とかではないんだろうか？

ともかく、今目の前でマックスが失恋したのは事実。

しばらく呆然としていたマックスは、フラフラとよろめいたあと、近くにあったベンチに座り込んだ。

そして、深い深い溜め息を吐いたあと、両手で顔を覆った。

……あれ、泣いてるのかな？

どうしよう、慰めてあげた方がいいのかな？

でも、今出て行ったら、覗いてたことがバレるかも。

そう思った私は、少し時間を置いてから、偶然中庭に来たように装うことにした。

「あれ？　マックス？　こんなところでなにしてんの？」

私が声をかけると、マックスはハッとして顔をあげた。

その目は……やっぱり泣いたのか、真っ赤になっていた。

「な、なんだシャルか。お前こそなにしてんだよ？」

「いや、部屋に帰ってベッドにダイブしたら寝ちゃってさ。さっき起きてご飯食べてちょっと散歩してたらマックスを見かけたからさ、なにしてんのかなって思って」

私がそう言うと、マックスは納得した顔をしたあと、私から目を逸らした。

「ま、まあ、シャルやヴィアちゃんはデカい魔法が使えるからな。あんだけ連発してたら、そりゃ疲れるだろ」

「そうそう。ヴィアちゃん、まだ部屋で寝てた」

「そっか。俺はまあ、そこまでデカい魔法は使えないからな、疲れたは疲れたけど、そこまでじゃないわ」

そんな当たり障りのない話をしていたのだけど、マックスがここにいる理由を私が追及しなかったからだろう、自分から話し出した。

「なんか、シャルに気を遣われてるみたいだから言うけど……俺がここにいた理由な」

「うん」

「さっきここで、ラティナさんに告白したんだ」

「へ、へえ……」

「……あんまり驚かないのな」

「い、いやいや！　十分驚いてるよ！　いつの間にそんな親密に？　ってちょっと思っただけ！」

「そっか」

「それで……目が赤いってことは……」

「……ああ、いい感じだったと思ったんだけどなぁ……」

マックスはそう言うと、ベンチの背もたれに寄りかかり、天を仰いでまた溜め息を吐いた。

「ふ、ふーん。それは残念だったね」

「ああ……」

……。

気まずい！

安易に慰めてあげようと思わなければよかった！

そんな後悔をしつつも、話しかけたんだからなにか話さないと！

「いつからラティナさんのこと好きになったの？」

「いつ？　いつって……そうだな、この留学でパートナーになったころかな」

うん、まあ、予想通りだね。

一生懸命サポートしてくれるラティナさんに、惹かれていったと。

「……そっか」

「ああ……」

……。

また、私たちの間に沈黙が訪れた。

なにか言わなきゃいけない。

けど、なんて言っていいか分からない。

どうしようかと悩んだけど、色々考えて、私はこれだけ言うことにした。

「マックス」

「ん？」

「……辛かったね」

「！」

私がそう言うと、マックスは目を見開き、みるみるうちにその目に涙を溢(あふ)れさせた。

「うん」

「……好きになった」

「本気だった」

「うん」

「見た目とかじゃなくて、いつも頑張ってる姿とか、下心なく励(はげ)ましてくれるところとか、そういうところを好きになった」

「そっか」

「諦めたくないけど……彼女の邪魔もしたくない」

「そうだね」

「……辛いなあ」

マックスはそう言うと、また両手で顔を覆って嗚咽(おえつ)を漏らした。

私は、ただジッと側にいるだけ。

今のマックスに必要なのは、きっとそれだと思ったから。

しばらく嗚咽を漏らしていたマックスだったけど、しばらくするとそれも聞こえなくなった。

「……はぁ」

そして、小さい溜め息と共に顔をあげた。

「シャル」

「ん？」

「ありがとな」

「なにが？」

「……話を聞いてくれたこと」

「まあ、私じゃなんのアドバイスもできないから、聞くしかできないんだけどね」

「いや、今はそれがありがたかった」

「そっか」

「……よし、帰るか」

「その顔で？」

「……そんなに酷い顔してる？」

「うん。メッチャ目、腫れてるよ」

「うわあ、どうしよう」

「……治してあげよっか？」

「お、いいのか？」

「いいよ、それくらい」

私は、マックスの目に手を当てて、治癒魔法を使った。

手をどけたら、マックスの目はいつも通りに戻っていた。

「はい、これで大丈夫」

「ん、ありがと。じゃあ、戻るか」

「うん」

マックスの言葉に従い、私たちはホテルの中に戻った。

その間、特に会話はなかったけど、それを苦痛には思わなかった。

「じゃあ、また明日」

「うん。また明日。竜の討伐でね」

「うげっ、またアレやるのかぁ」

「あはは、明日は一人で狩れるようになりなよ」

「そこまで頑張りたくないなあ」

「なによ、軟弱者め」

「うるせ」

そんな軽口を叩いて、私たちはお互いの部屋に入った。

部屋に戻った私は、浴びていなかったシャワーを浴びて、再びベッドに潜り込んだ。

ここ最近、胸がモヤモヤして寝付きにくかったんだけど、今日はすんなりと眠れる気がした。

こうして私は、まだ寝たままだったヴィアちゃんの寝息を聞きながら、眠りに落ちたのだった。


一週間に及んだヨーデンへの短期留学がようやく終わった。

ヨーデン兵には攻撃魔法の基礎は教えたので、あとは自主訓練での技術向上を目指していくことになる。

さすがに現役の兵士さんたちだけあって、攻撃魔法の習得は驚くほど速いペースで進んでいった。

兵士さんの中には、最終的に竜を単独で討伐できる人まで現れたからね。

残念ながら学校の生徒たちは、まだまだ攻撃魔法そのものが上達しなくて、討伐にすら出られなかった。

けど、こちらも基礎は十分に教えた。

あとは、繰り返しの訓練あるのみだ。

例の魔力制御用魔道具は、アールスハイドからの交易品ということでヨーデン政府が買い取ることになった。

そこから、魔力制御量増加訓練を行う魔法使いには無料で支給される。

これは、アールスハイドを始めとした北大陸の各国で採用されている方式なので、ヨーデン政府はこれを承諾するしかなかった。

治癒魔法についても、ママが各病院をたくさん回ったことで、その有用性を国民や病院関係者に知らしめることができたそう。

ただ、さすがにこの短期間で治癒魔法を教えるのは無理があるので、今後魔力制御量が増え、その中から治癒魔法師を志す人が現れたら、アールスハイドに留学してきてもらうことになったそうだ。

ママが帰国するということで、各病院からは惜しむ声がたくさんあがったとか。

中には、ママを口説き落とそうとした人もいたらしいけど、パパがずっとママの側にいて、常にイチャイチャしていたので割り込む隙がなく断念したそう……という噂をイリスに教えてもらった。

イリスとはほんの一週間の付き合いだったけど、よくサポートしてくれたし、授業の合間に連れて行ってくれたヨーデンの街では大変お世話になった。

もちろん、チョコレート食いまくったわ。

そんなイリスとも、今日でお別れ。

私は、せっかく仲良くなった友達と別れることが悲しくて、つい俯いてしまった。

「ほら、なに落ち込んでんのよシャル」

「だってぇ……」

「なにも、これで今生の別れってわけじゃないでしょ？　アールスハイドとヨーデンには、いずれ国交が樹立されるだろうし、そのときはシャルに会いに行くわ」

「絶対だよ！　絶対遊びに来てね！」

イリスとそんなやり取りをしたあと、私は飛行艇に乗り込み、ついにヨーデンから帰国することになった。

「はぁ……たった一週間だったのに、物凄く濃い日々を過ごした気がするわ」

飛行艇がヨーデンから飛び立ち、周囲になにもない海の上空に差し掛かったところで、外を見ながらそう呟いた。

「そうですわね。本当に充実した一週間でしたわ。変成魔法の訓練のお陰で、他の魔法が洗練されましたもの」

隣の席に座っているヴィアちゃんが、私の言葉に同調してくれた。

「竜も倒したしね」

「あれは怖かったわ。最後の方は、もう慣れちゃったけどね」

前の席のデビーが、こちらに振り返って椅子の上から顔を出して会話に加わった。

「でも、これからはヨーデンの人たちが自分で解決しないといけないんですよね？　大丈夫でしょうか？」

レティも会話に加わり女子四人で、アールスハイドに到着するまでの間、他愛もない話で長時間お喋りを続けたのだった。

そして、アールスハイドに帰国したということは、アレがある。

そう。

「うあぁ、どうしよう？」

私は、今回の留学についてのレポートを書いている。

けど、正直書きたいこと、書かなきゃいけないことが多すぎて、一向にレポートがまとまる気配を見せなかった。

そして、マックスとラティナさんの関係だけど、元々女子と男子でグループが分かれているから、以前とあまり変わらない関係でいるように見える。

二人とも、大人だねえ。

大変だったヨーデンへの留学レポートをどうにか完成させたころ、ちょうど夏季休暇が終わった。

久しぶりに学院で皆と顔を合わせる。

旅行とか留学とかでずっと顔を見ていたけど、やはり教室での再会はまた別だ。

こうして夏季休暇明け初日が始まったのだけど、まず先生から一つ今後の大きな行事についての話があった。

「実は、お前たちが留学から帰ったあとに決まったのだが、アールスハイドも含めた各国高等魔法学院同士の対抗戦をすることになった」

「各国対抗戦⁉」

なに⁉　その心をくすぐるワードは！

「先生！　それは代表戦ですか⁉　それとも学院単位の団体戦ですか⁉」

「各学院代表を数名決め、その選抜者で競い合うらしい。まあ、まだ何も決まっていないんだけどな」

「はい！　はい！　私、代表になりたい！」

「その選抜も含めてまた後日な。今すぐ決められるわけないだろ」

「むぅ～」

せっかく素敵ワードが出てきたのに、それについて語り合えないとか！

どういうことよ⁉

「あー、これは言う順番を間違えたかな？　今日はまだお知らせがあるんだ」

「お知らせ？」

「ああ、もういいぞ、教室に入ってくれ」

ミーニョ先生がそう言うと、教室のドアが開き、一人の女生徒が教室に入ってきた。

私はその入ってきた女生徒を見て、とても驚いた。

それは、なぜか？

その女生徒が知り合いだったから。

「やっほー、今日からアールスハイドに留学してきましたイリス＝ワヒナです！　よろしくね！」

「ええ⁉　イリス⁉」

そう、教室に入ってきたのは、ヨーデンで知り合い、留学中ずっと私のパートナーを務めてくれていたイリスだったのだから。

各国対抗戦に、新しい留学生か。
これは、波乱の予感しかしないね。

◇番外編◇　ヨーデンの夏を満喫するぞ！

私たちがヨーデンを訪れたのは、短期留学という名目のため。

しかしこれは、お兄ちゃんがヨーデンに行くのに付いて行きたいというヴィアちゃんの我儘を叶えるためにオーグおじさんが講じた方便だった……はずなんだけどな。

「むぁーん」

ヨーデンの生徒たちの攻撃魔法練習も終わり、今日は解散となる前、私は自分が置かれている境遇に急に不満を覚え、思わず声を漏らしてしまった。

「どうしたのですかシャル？　変な声を出して」

「変な声も出るよヴィアちゃん！　私たち、せっかくヨーデンに来てるのに、ホテルと学校と訓練場の行き来しかしてないじゃん!!」

そう、せっかく南国ヨーデンに来ているというのに、方便だったはずの留学という名の勉強に終始し、全然遊べていないのだ。

「遊びたーい！　チョコの食べ歩きもしたいし、海にも行きたい！」

「海はここに来る前に行ったじゃありませんか」

「別の国の海にも行きたいの！　というか、こんなに暑いんだから、海に行ってリフレッシュしたい！」

そう言って一人で騒いでいると、ミーニョ先生が苦笑しながら近付いてきた。

「そういえば、訓練とサポートばかりで休暇がなかったな。どうでしょうラルース先生。明日は留学の中間日です、休みにして生徒たちをリフレッシュさせてあげませんか？」

おお！　さすが先生！　私たちの苦労も分かってるぅ！

「そうですねえ。詰め込み過ぎても効率が悪いかもしれませんし、一度休日を設けるのもいいですね」

ヨーデン側のラルース先生が承認したことで明日は授業がお休みになった。

やったね！


そして翌日、イリスたちがヨーデンを案内してくれるということで、泊まっているホテルの前を集合場所に指定し、私たちはその到着を待っていた。

「お待たせ。それにしても、凄いホテルに泊まってるのね……」

待ち合わせ場所に到着するなり、ホテルを見上げてイリスがそう呟いた。

「そうなの？　ラティナさんのお兄さんが手配してくれたし、ヨーデンのホテル事情が分かんないから気にしてなかったけど……」

　他のホテルを知らないから比較なんてできないよ。

　そう思っての発言だったが、デビーが呆(あき)れた顔をしていた。

「やっぱりシャルってお嬢様だよね。私は十分ここが高級ホテルだと思ってたよ」

「あ、私もです」

　デビーの意見にレティも賛同した。

「僕も同じ感想。正直、タダで泊まっていいのかな？　って凄く不安になってる」

　デビット君の言葉に、デビーとレティもウンウンと頷いている。

　そんな中で、ハリー君だけはその輪に加わっていない。

　同意している三人は平民で、ハリー君は貴族子息だからね。

　こういうホテルにはよく泊まっているんだろう。

「正直、こんないいホテルに泊まってるアンタたちに満足してもらえるかは分からないけど、まあ頑張って案内してあげるわ」

「うん、よろしくね！」

　こうして、私たちのヨーデンでの休日はスタートしたのだった。

　そして繰り出した商店街で、私は目を輝かせた。

「うわあっ！　ヴィアちゃん見て見て！　チョコのアイスなんて売ってる！」

「あら、美味しそうですわね」

アイスはアールスハイドでも売られているけど、それにチョコを混ぜるなんて！　考えた人は絶対天才だ！

皆でチョコアイスを食べながら商店街を練り歩いていると、デビーが珍しい屋台を見付けた。

「あれ？　これ。クレープに似てるけど、中身がおかずだ」

「わ、本当だ」

薄い生地で包むのは同じだけど、中身がデザートではなく肉や野菜になっている。

「まあ、この辺りじゃ定番の軽食ね。薄皮で包んであるから手が汚れないし、美味しいから昼食の代わりになるわよ」

イリスの説明を受けて、益々興味が湧いてくる。

「ね、皆でこれ食べない？」

レティの提案に皆が賛成し、今日の昼食はこれにすることにした。

おかずクレープを受け取り、一口食べた瞬間、口の中に香辛料の利いた肉の旨味が広がった。

「うわっ！　美味しい！」

「本当だ。これ、メッチャ旨い」

「うん。これはいい」

有名料理店の孫で味にうるさいマックスも絶賛しているし、普段あまり感情を面(おもて)に出さないレインも美味しそうにおかずクレープを頬張(ほおば)っている。

しかし、なぜレインは食べ物を食べると高確率で頬にご飯が付くのか？

そのことを予想していたかのようにアリーシャちゃんがレインの頬を拭(ふ)いている。

相変わらず仲が良いな、あそこ。

それにしても、このおかずクレープは美味しい。

一口食べて絶賛したあとは、皆無言でおかずクレープを食べ続けた。

そして……。

「ひぁ、辛……」

「美味しいですけど……口がヒリヒリしますわね」

「これは、もう一度チョコアイスで口直しをしないと！」

「賛成ですわ」

「え？　もう一回食べるの⁉」

香辛料が利いた食べ物ということは、そこそこ辛味もあるわけで……大量の香辛料に慣れていない私たちの口はヒリヒリしてしょうがない。

それを中和するためにアイスを食べようと提案したところ、イリスが驚愕した表情を見せた。

「？　なにか問題が？」

「いや……別にいいんだけど、そんなにチョコアイスばっか食べてたら太るよ？」

ああ、そんなことか。

たしかに、チョコもアイスも、食べ過ぎると太ってしまう食品だ。

しかし、今日の私たちは多少食べ過ぎても大丈夫なのだ。

「平気平気、それより、チョコアイス買いに行こうよ。そんで、アイスを食べたあとはまた街を散策だよ」

「……まぁ、シャルがいいならいいけど」

イリスは、なにか納得していないような顔をしていたけど、大丈夫だから。

こうして二回目のチョコアイスを堪能した私たちは、イリスの案内で雑貨屋やヨーデンの衣服を売っている店舗などを案内してもらい、街歩きを十分に堪能したのであった。

そして、街歩きを堪能したということは、次にしたいことはアレである。

「イリス！　海！　海に案内してよ！」

「海ね。それはいいけど……」

イリスはそう言ったあと、私たちと一緒にいるラティナさんを見た。

「よくよく考えてみたら、ラティナがいるなら私の案内とかいらなかったんじゃ……」

今更そんなことを言ってきたんだけど、なにを言っているんだろうか？

「いや、イリスと一緒に遊びたかったから、イリスの案内でいいんだよ？」

私がそう言うと、イリスはちょっと頬を赤くしてそっぽを向いた。

「ふ、ふーん。まあ、それでいいなら案内続けてあげるけど」

そう言いつつも、イリスの口元はちょっと緩んでいる。

わあ、リアルのツンデレだ。

物語以外で初めて見た。

そんなことに感動しているうちに、私たちはビーチに辿り着いた。

そして、そこで以前ラティナさんが言っていたことが事実だということを知った。

「わあ、本当に水着着ないで海に入ってるよ！」

以前、ラティナさんが言っていた、海に入るのに水着は着ないという話。

正直半信半疑だったけど、目の前に広がる光景に真実だと認めざるを得なかった。

「みずぎ？　みずぎってなに？」

イリスも例に漏れず、水着を知らなかった。

「水遊びをするときに着る服のことだよ」

「？　水遊びをするのにわざわざ着替えるの？　面倒じゃない？」

やはり文化の違いか、イリスはすぐに理解できなかったみたいだ。

「ほら、これだよ」

私は、異空間収納に入れてあった水着を取り出してイリスに見せた。

すると、みるみるうちにイリスの顔が真っ赤になっていった。

「は、はぁっ⁉ みずぎって……これ、下着じゃないのよ！ こんなところでなにそんなの出してんのよ⁉」

「あ、いや、これが水着なんだよ。ほら、生地が下着と違うでしょ？」

「た、確かに、下着とは生地が違うけど……」

「でしょ？ それにこの生地、水を弾くからすごく泳ぎやすいんだ」

「そう、なのね？」

うんうん、水着は下着と違うということをようやく認めてくれたようだ。

じゃあ……。

「はい！ これ、イリスの水着ね！」

実は今日の休日が決まったあと、パパにお願いして一旦ゲートでアールスハイドに戻り、イリスの分の水着を買って来ていたのだ。

イリスの体形はレティと同じ感じだったから、レティと同じサイズで購入した。

もちろん、水着初心者であるイリスのために、布面積多めにしてあるよ。

その水着をイリスに手渡すと、イリスは水着を見て呆然としながら呟いた。

「……嘘でしょ？　これ、着るの？」

「諦めてイリス。大丈夫、皆より布面積多いから」

「嘘でしょ⁉」

イリスがラティナさんに向かって叫んでいるけど、早く着替えて遊ばなくちゃ時間が勿体ない。

近くに、濡れた衣服を着替えるための小屋があるので、素早く水着に着替える。

イリスは渋々ながら着替えたけど、着替えたあとで自分の格好が恥ずかしくなったのか、中々小屋から出ようとしなかった。

しょうがないので半ば強引に小屋の外に引っ張り出し、先に集合していた男子たちと合流する。

おお、さすがに水着の文化がない国。私たちの格好は男女を問わずビーチにいる皆の視線を釘付けだ。

「は、恥ずかしい……」

「大丈夫……すぐに慣れるわ」

「ラティナ……アンタ……そう、もう私の知ってるラティナじゃないのね……」

「……」

なんか、ラティナさんとイリスの間で小芝居が始まっている。

悲しそうな顔をしているイリスと、切なそうな顔をしているラティナさん。

いやいや、これ、ただの水着だから。

今はもの珍しくて注目を集めているだろうけど、こうして私たちが身に着けて海で遊んでいるのを見たら皆も着たくなっちゃうから。

そしたら恥ずかしくなんかなくなるって。

「……それにしても、アンタたちの水着は凄いわね……」

「そう？」

イリスに言われて私は自分の格好を見てみる。

私の水着はセパレートのタイプで、割と上半身の露出は控えめだ。

デビーは黒のワンピースで、レティは白のワンピース。アリーシャちゃんは青いビキニでヴィアちゃんは、黒のビキニだ。

「アールスハイドでは割と普通の水着だよ？」

「嘘でしょ⁉」

イリスが叫んでいるけど、まあ初めはカルチャーショックを受けるよね。

それはラティナさんで学んでいたから別に気にしない。

「さあ！ それより、海で遊ぶよ！」

私はそう叫ぶと、海に向かって走り出した。

その私を追いかけるように、アールスハイド組の面々も走り出した。

私が一番乗りで海に飛び込む。

うわっ！　海、メッチャ綺麗(きれい)!!

その海の綺麗さに感動したあと、水面に顔を出し走ってきている皆を見た。

……一人、とんでもないのがいるな。

もちろんヴィアちゃんだけど、ビキニを着て走っているもんだから、胸がエライことになっている。

……見なかったことにしよう。

そう決めた私は、そのヴィアちゃんに向かって魔法で水を飛ばした。

「うりゃ！」

「甘いですわ！」

ヴィアちゃんはそう叫ぶと水を避けて私の周囲の水を魔法で持ち上げ、私に向かって浴びせかけてきた。

「わぷっ！」

水を被った私は、そのまま水中を移動しヴィアちゃんの足を手で払った。

「きゃっ！」

「げふっ！」

足を払われたヴィアちゃんは盛大に尻餅をついたんだけど、それが運悪く水中に潜んでいた私の真上に落ちてきた。

予想していなかったので、モロにヴィアちゃんに押し潰されてしまった……。

「こんにゃろ……」

「ちょ、ちょっとおっ!! アンタたち！ なにやってんのよ!!」

押し潰されたお返しをしようと立ち上がると、血相を変えたイリスが叫びながら走ってきた。

おお、もう羞恥心なくなったのね。

「こ、こんな場所で魔法をバカスカ撃つんじゃないわよ！ 馬鹿じゃないの!?」

『!!』

イリスに思いきり怒られたことで、私たちはハッと気が付いた。

そうだ、ここはアールスハイドじゃなくてヨーデンだった。

周りの人たちは身体強化と変成魔法以外見たことないはず。

私たちは、そぉっと周りを見回してみた。

すると案の定、さっきとは違う意味で驚愕した目をして私たちを見ていた。

「あ、あはは、これは……私たち、やらかした、かな？」

「かな？　じゃなくて、ちゃんとやらかしてるわよ」

イリスが額に手を当てながらそう言った。

「えーっと、場所替えた方がいい？」

「……もういいわよ。見なさいよ、さっきより私たちとの距離が離れてるから」

「え？　あ、ホントだ」

しまったなあ、これで攻撃魔法を怖がらないでくれたらいいんだけど。

「あ、そうだ、ヴィアちゃん、もうアレやっちゃおうよ」

「もうですの？」

「うん。このままだと、ヨーデンの人たち攻撃魔法を怖がっちゃうから。攻撃魔法は怖くないよっていうところを見せないと」

「……それもそうですわね。それじゃあ、ちょっと前倒しですけど、やりましょうか」

ヴィアちゃんも賛同してくれたことで、私たちは準備に取り掛かった。

「え？　え？　アレってなに？　シャルたちはなんの準備をしてるの？」

事情を知らないイリスが困惑しているので説明してあげた。

「今から、北大陸で大人気のスポーツ『マジカルバレー』をやるんだよ！　これを見たら、皆攻撃魔法は怖くない、格好いいってなるから！」

北大陸には各都市ごとにプロチームがあり、数年に一度ワールドカップも開催されるほどの人気スポーツ、マジカルバレー。

これを見て心が躍らない人などいるはずがない。

今日は、元々ビーチでそのデモンストレーションをしようと思っていたのだ。

「……凄く……物凄く不安なんだけど……大丈夫よね？　ラティナ」

「は、はは……どうだろ？　アールスハイドでプロの試合を見たときは凄く格好良く見えたけど」

「……ラティナがそう言うなら大丈夫か」

大丈夫だって。


準備が整い、私たちは二チームに分かれる。

まずは私とレティ、マックスとデビット君チームと、ヴィアちゃんとデビー、レインとハリー君チームに分かれ、アリーシャちゃんが審判だ。

審判は交代制にして全員がプレーできるようにする。

このマジカルバレーは、今のプロの試合は屋内の専用コートで行われているけど、元はパパたちが学生のころにビーチで遊んでいたことを発祥(はっしょう)としている。

なので、今回のこれは原点回帰とも言える試合なのだ。

パパの娘として、パパが広めたスポーツで負けるわけにはいかない！

気合いを入れた私は、初手から大技を繰り出した。

「とりゃあっ‼」

身体強化を使ったハイジャンプから、風の魔法を上乗せした螺旋スパイクサーブ！

不規則な動きを見せる、高速高角度のサーブ！　取れるものなら取って……。

「はいっ！」

「うそおっ！」

デビーにアッサリ拾われた⁉

「悪いけど！　レシーブには自信があるのよ！」

「ヴィア！」

フワリと返ったボールを、レインがヴィアちゃんに向けてトスを上げる。

レインからトスが上がってくるのを確信していたヴィアちゃんはすでに助走を取っており、私と同じく身体強化を使ってジャンプし、思いきり反り返ってからスパイクを放った。

「はああっ‼」

ヴィアちゃん得意の雷を纏わせたボールは、目にも留まらぬ速さで私たちのコートに突き刺さった。

「くっ！　さすがヴィアちゃん……スパイクの速度が雷並みだ」

「ふふ、私のスパイク、止められるものなら止めてみなさい？」

「言われずとも！」

私とヴィアちゃんが、ネット越しにライバルごっこをしていたときだった。

「あ、アンタたちぃっ‼」

突然、イリスの怒鳴り声が聞こえてきた。

え？　なに？　イリス、メッチャ怒ってるんだけど……。

「アンタたちはなにしてんのよっ⁉　ビーチから人がいなくなったわよっ‼」

『うそっ⁉』

イリス曰く、私とヴィアちゃんのスパイクを見て、一気に人が逃げて行ったとのこと。

マジカルバレーで使うのは攻撃魔法じゃないから、ビーチの人たちからの尊敬の眼差しを受けられると思っていた私たちは、想定外の事態に愕然(がくぜん)とするしかなかった。

そしてその後、ヨーデンの警察に、ビーチで化け物たちが暴れているからなんとかしてくれという通報がたくさんあったと、パパから教えてもらった。

それを私たちは、正座してママのお説教を受けているときに聞かされた。

あの、ママ？　もう足の感覚がないのですが？　レティとか怒られ慣れてないから涙目なんですけど、そろそろ許してもらう訳には……駄目ですか……そうですか。

（おわり）

あとがき

『魔王のあとつぎ』三巻をお手に取っていただき、誠にありがとうございます。
吉岡剛です。

この三巻を執筆していたのは二〇二三年の夏真っ盛りのときでございまして、記録的な猛暑の中でヨーデンの様子を描写しておりました。

そんな時期でしたので、気候に関する注意点に関しては実にスムーズに書くことができました。

さて、三巻の内容は幼馴染みとか友人とか、そんな人間関係の話がメインになっていると思います。

前作では、その辺りをあまり深く掘り下げて書かなかった……というか、戦闘とかそんなことがメインでしたし、ハーレム勇者が嫌いでしたので、絶対そんな風にはしないと早々にシンとシシリーをラブラブな感じでくっ付けてしまいましたしね。

実際、幼馴染みとの恋愛とかってどうなんでしょうか？

私にも異性の幼馴染みはいました。

中学の頃には、もう誰かと付き合っていましたね。

それを見て私は「早え(はえ)な」くらいしか思わなかった印象があります。

今思い返しても、その子と付き合いたかったかと言われると、明確に否と言えます。が、なんとも言えない感情になったこともあります。

本編で幼馴染みの心境について書きましたが、それは私の実体験でもあります。

恋心はなかったけど、置いてけぼりにされた気になっていたのかもしれません。

よく分かりませんね。

それでは、いつも通り謝辞を。

今回も締め切りが押したのに素晴らしいイラストを手掛けて下さった菊池先生。

色々とお忙しいのに、いつもご迷惑をお掛けして申し訳ありません。

担当S氏にも、毎度毎度ご迷惑をお掛けしてしまって申し訳ない気持ちで一杯です。

……そういう気持ちはあるんですよ？　本当に。

そして、この本を手に取ってくださった全ての皆様に多大なる感謝を。

皆様のおかげで、こうして本を出版することができていることに、本当に感謝しております。

これからも、どうぞよろしくお願いいたします。

二〇二三年　十一月　吉岡　剛

■カバー絵は切れてる部分も
一応描いてる場合が多いです。
何かしら使われる可能性でも
危惧してたんでしょうかね?

■ご意見、ご感想をお寄せください。

ファンレターの宛て先
〒102-8177　東京都千代田区富士見2-13-3　ファミ通文庫編集部
吉岡 剛先生　　菊池政治先生

FBファミ通文庫

魔王(まおう)のあとつぎ3

1828

2023年12月28日　初版発行

◇◇◇

著　者　吉岡 剛(よしおか つよし)
発行者　山下直久
発　行　株式会社KADOKAWA
〒102-8177 東京都千代田区富士見2-13-3
電話 0570-002-301（ナビダイヤル）
編集企画　ファミ通文庫編集部
デザイン　ムシカゴグラフィクス
写植・製版　株式会社スタジオ205プラス
印　刷　TOPPAN株式会社
製　本　TOPPAN株式会社

●お問い合わせ
https://www.kadokawa.co.jp/（「お問い合わせ」へお進みください）
※内容によっては、お答えできない場合があります。
※サポートは日本国内のみとさせていただきます。
※Japanese text only

ISBN978-4-04-737734-9　C0193

定価はカバーに表示してあります。